# 一笑

古龍 著

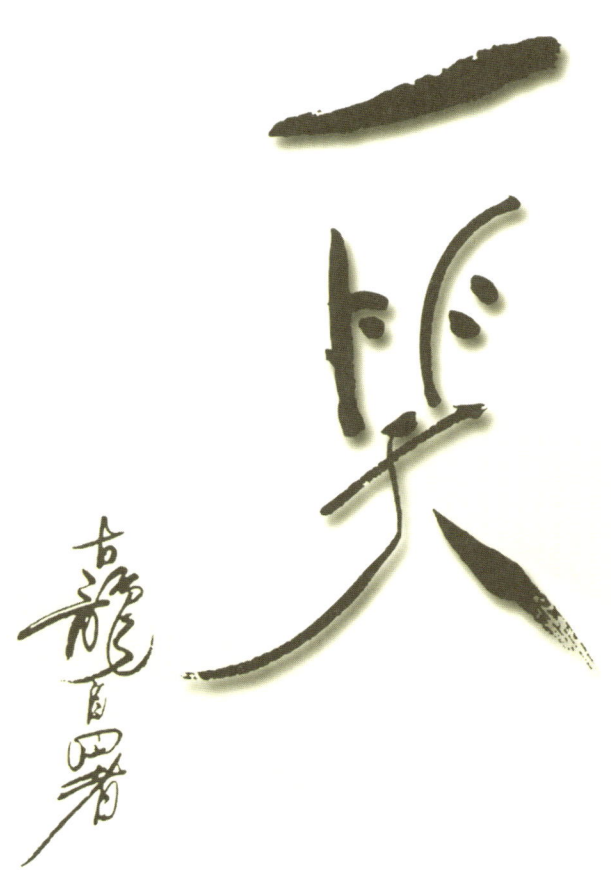

# 國際學術研討會

# 古龍武俠小說 領先時代半世紀

【記者賴素鈴／報導】江湖代有才人出，這廂古龍凋零二十載，那廂今朝懸賞百萬獎新秀，浪淘不盡，唯有武俠熱愛，不隨時間變易，在學術研討會上更見分明。以「一代鬼才：古龍與武俠小說」爲主題，淡江大學第九屆文學與美學國際學術研討會昨起在國家圖書館，展開爲期兩天的議程，紀念武俠小說家古龍逝世二十周年，新生代學者與古龍故舊齊聚一堂，以文論劍話武俠。

日前與淡大中文系教授林保淳共同發表《台灣武俠小說發展史》，武俠小說評論家葉洪生昨天在專題演講中，直批胡適1959年底發表「武俠小說下流論」是「胡說」，學界泰斗的不當發言以及隨即展開的「暴雨專案」，反而促成1960年起台灣武俠新秀的繁興，「武俠小說迷人的地方，恰恰在門道之上。」，葉洪生認定，武俠小說審美四原則在文筆、意構、雜學、原創性，他強調：「武俠小說，是一種『上流美』。」

集多年心血完成《台灣武俠小說發展史》，葉洪生認爲他已爲從十歲起迷上武俠小說的半世紀畫上完美句點，並且宣布他「以後決心退出武俠論壇，封劍退隱江湖」。

雖然葉洪生回顧武俠小說名家此起彼落，套太史公名言「固一世之雄也，而今安在哉？」，認爲這是值得深思的嚴肅課題，昨天意外現身研討會而備受矚目的溫世禮，則爲了紀念同是武俠迷的哥哥溫世仁，推出第一屆「溫世仁武俠小說百萬大賞」，即日起至今年10月3日截止收件，經兩階段評選後於明年12月7日公布首獎得主，預料將會是一場武林新秀的龍虎爭霸戰。

看明日誰領風騷？風雲時代出版社發行人陳曉林眼中的古龍，其實領先他的時代半世紀，以致如今雖然古龍逝世20年，陳曉林認爲大家對古龍的了解仍然有限，預言未來世代更能和古龍的後設風格共鳴。

昨天這場研討會，也凸顯武俠小說作爲一項文學研究門類，仍有待開發學習空間。多位與會者都指出，武俠小說的發表、出版方式和管道具考證難度，學術理論與論文格式的建立待加強。而武俠名家的版權之爭、市場競爭力，也增加出版推廣困難，古龍武俠小說的版權糾紛、司馬翎作品的版權官司也成爲研討會的場外話題。

# 與

# 武俠小說

第九屆文學與美

一代鬼

古

古龍兄為人慷慨豪邁、跌蕩自如，變化多端，文如其人，且縷多奇氣，惜英年早逝，余與古兄當年交好，且喜讀其書，今睽不見其人，又無新作可讀，深自惋惜。

金庸

一九九六、十、十一 香港

# 歡樂英雄

(上)

古龍精品集53

# 歡樂英雄(上)

# 目錄

# 說說歡樂英雄

古龍

「歡樂英雄」又是個新的嘗試，因爲武俠小說實在已經到了應該變的時候。

在很多人心目中，武俠小說非但不是文學，不是文藝，甚至也不能算是小說。正如蚯蚓，雖然也會動，卻很少有人將牠當做動物。

造成這種看法的固然是因爲某些人的偏見，但我們自己也不能完全推卸責任。

武俠小說有時的確寫得太荒唐無稽，太鮮血淋漓，卻忘了只有「人性」才是每本小說中都不能缺少的。

人性並不僅是憤怒、仇恨、悲哀、恐懼，其中也包括了愛與友情、慷慨與俠義、幽默與同情的；我們爲什麼特別強調其中醜惡的一面呢？

還有，我們這一代的武俠小說約莫由平江不肖生的《江湖奇俠傳》開始，至王度盧的《鐵騎銀瓶》和朱貞木的《七殺碑》爲一變，至金庸的《射鵰英雄傳》又一變，到現在已又有十幾年了。

這十幾年中，出版的武俠小說已算不出有幾千幾百種，有的故事簡直已成爲老套，成爲公式；老資格的讀者只要一看開頭，就可以猜到結局。

所以武俠小說作者若想提高自己的地位，就得變；若想提高讀者的興趣，也得變。

有人說，應該從「武」，變到「俠」，若將這句話說得更明白些，也就是說，武俠小說應該多寫些光明，少寫些黑暗，多寫些人性，少寫些血。

也有人說，這麼樣一變，武俠小說就根本變了質，就不是「正宗」的武俠小說了，有的讀者根本就不願接受，不能接受。

這兩種說法也許都不錯，所以我們只有嘗試，不斷的嘗試。我們雖然不敢奢望別人將我們的武俠小說看成文學，至少總希望別人能將它看成「小說」，也和別的小說有同樣的地位，同樣能振奮人心，同樣能激起人心的共鳴。

《歡樂英雄》每一小節幾乎都是個獨立的故事，即使分開來看，也不會減少它的趣味——如果它還有一點趣味，這嘗試就不能算失敗了。

【編者按：《歡樂英雄》是古龍自己最喜歡的一部作品，也是他自認為與「包括金庸在內的所有武俠小說作家都不一樣」的特殊作品。他曾多次向朋友提及：這是一部無法歸類的小說，因為抒寫主要的是「一種情調，一種感覺，一種心情」，而不僅是一個首尾完整的傳奇故事。古龍並表示，這部作品所映現的「情調，感覺，與心情」，懂的人自然會心一笑，不懂的人也不妨拈花微笑。

既然如此，《歡樂英雄》不宜由任何學者專家或名評論家來寫導讀，倒是不妨由他本人來透露「拈花微笑」背後的欣悅或透悟。所以，我們以古龍自己為《歡樂英雄》撰寫的短序，取代了原設計的名家導讀。

或許，這是第一部透顯了「後現代」精神及情趣的華人作品，卻以武俠小說的形式問世，而且遠在「後現代」情趣受到世人正視之前。本精品集編者早已指出，古龍的作品領先其時代半世紀以上，《歡樂英雄》即是有力的例証！】

誰說英雄寂寞？
我們的英雄就是歡樂的。

# 一　郭大路與王動

## 一

郭大路人如其名，的確是個很大路的人。「大路」的意思就是很大方、很馬虎，甚至有點糊塗，無論對什麼事都不在乎。

王動卻不動。

## 二

大路的人通常都很窮。郭大路尤其窮，窮得特別，窮得離了譜。

他根本不該這麼窮的。

他本來甚至可以說是個很有錢的人。一個有錢的人如果突然變窮了，只有兩種原因：第一是因爲他笨，第二是因爲他懶。

郭大路並不笨，他會做的事比大多數人都多，而且比大多數人都做得好。譬如說——騎馬，他能騎最快的馬，也能騎最烈的馬。

擊劍，他一劍能刺穿大將身上的鐵甲，也能刺穿春風中的柳絮。

你若是他的朋友，遇著他心情特別好的時候，他也許會赤手空拳躍入黃河捉兩尾鯉魚，再從水裡躍出抓兩隻秋雁，為你做一味清蒸魚、燒野鴨，讓你大快朵頤；你吃了他的菜保證不會失望。

他做菜的手藝絕不在京城任何一位名廚之下。

他能用鐵板銅琶唱蘇軾的「大江東去」，也可以弄三絃唱柳永的「楊柳岸，曉風殘月」，讓你認為他終生都是在賣唱的。

有人甚至認為他除了生孩子外，什麼都會。

他也不懶，非但不懶，而且時時刻刻都找事做，做過的事還真不少。像他這種人，怎麼會窮呢？

他第一次做的事，是鏢師。

那時他剛出道，剛守過父母的喪，將家宅的田園賣的賣，送的送，想憑一身本事，到江湖中來闖一闖。

他當然不會是個很精明的生意人，也根本不想做個很精明的生意人，所以本來值三百兩一畝的田，他只賣了一百七，再加上送給窮親戚朋友們的，剩下的也就不太多了。

但那也足夠讓他買一匹好馬，鑄一柄快劍，製幾身風光的行頭，住最好的客棧，吃最好的館子。

那時正是春天，一年之計在於春。春天適於做很多事，也是鏢局生意最好的時候。

鏢局生意最好的時候，正也就是強盜生意最好的時候。

「中原鏢局」的總鏢頭羅振翼，人雖未老，江湖已老，當然也很明白這道理。所以走在道上，總是特別小心。何況，現在正是春天，他這次保的鏢又不輕。

可是保鏢只靠小心是絕不夠的，還得要武功硬，運氣好。

羅振翼武功並不弱，但這次運氣卻實在不好，竟偏偏遇上了兩河黑道上最難惹的歐陽兄弟。

歐陽兄弟不是兩個人，也不是三個人、四個人……

歐陽兄弟就是一個人。

這個人的名字就叫做「歐陽兄弟」。

他雖然只有一個人，卻簡直比四十個人還難鬥。他左手使短刀，右手使長刀，還可以同時發出七八種不同的暗器，很少人能看出他暗器是從什麼地方發出來的。

羅振翼也看不出。他剛躲過三枝「錦背低頭花裝弩」、一筒「流星趕月袖中箭」，誰知歐陽兄弟刀背一翻，又射出了一雙子母寒針。

要命的針，從別人要命也猜不出的地方射出來。

羅振翼右肩上挨了兩針，雖還不致立刻要命，但也只有等著歐陽兄弟來要他的命。

歐陽兄弟就算不想要他的命，他這趟鏢丟了，也只有自己去上吊跳河抹脖子，自己要自己的命了。

就在這時，突然一騎快馬馳來，馬快人更快，馬還未到，馬上人已到。歐陽兄弟只看到一個人從半空中落下來，七八種暗器連一種都還沒有來得及出手，左右脈門已同時捱了人家一劍。

這半空中落下來的救星自然就是郭大路。

羅振翼對這位救星自然不但感激，而且佩服；不但佩服，而且佩服得五體投地。將這趟鏢送到地頭後，無論如何也要請他一起回鏢局去。

郭大路當然去了，他反正沒什麼別的要緊事。

他就算有別的要緊事，也會去的。

這是他第一次出手，他忽然發覺自己非但武功不錯，人緣也不錯。

於是羅振翼就覺得奇怪，就問：「像郭兄如此高的身手，爲什麼不做鏢頭？」

郭大路也沒問：「爲什麼武功高的人要去保鏢！」

他只覺得做鏢頭也蠻威風，蠻有趣的。何況，羅振翼請他做的是副總鏢頭。

一個人初入江湖就做了副總鏢頭，的確夠威風、夠神氣！

唯一令郭大路覺得遺憾的是，「中原鏢局」並不是中原最大的鏢局，甚至連第一流的鏢局都算不上。

子回洛陽。

他等了好幾天，才接到第一筆生意，而且還不是大生意，只不過是替人從開封押幾千兩銀子回洛陽。

路不遠，鏢不重，又有這麼樣一位副總鏢頭，總鏢頭自然樂得安安心心、舒舒服服的在家裡養傷了。

還是春天，早上，鏢車啓行。

一年之計在於春，一日之計在於晨，這開始可真不錯。

鏢旗迎風招展，趟子手的喊鏢聲嘹亮入雲，郭大路穿著紫羅衫，佩著烏鞘劍，騎在大白馬上，春天的太陽剛昇起，照得他身上暖暖和和的，遠處的春山一碧如洗，燕子正在樹上啣泥做巢。

他心裡實在覺得愉快極了、得意極了。

他只希望能在路上遇見幾個江洋大盜、綠林好漢，那倒並不完全是爲了他想露露本事、顯顯威風，而是爲了想多交幾個朋友。

朋友愈多愈好。他喜歡朋友，能和這種人交上朋友，豈非也很刺激、很有趣，若再能感化他們改邪歸正，豈非更妙不可言。

他果然遇到了。

只可惜他遇到的，並不是他想像中那種大秤分金、小秤分銀，大塊吃肉、大碗喝酒的江洋大盜；也不是那種一諾千金，豪氣干雲，隨時肯爲朋友兩肋插刀的綠林好漢。他遇見的竟只不過是一夥小毛賊，一個個面有菜色，好像餓了三天，身上穿的衣服到處是補釘，連刀都生了鏽。

郭大路雖然失望，但既然遇見了，也沒法子，只好先露兩手武功，將他們先震住，再循循善誘，希望他們從此洗心革面，改過向善，做個安分守己、自食其力的良民，莫要辱沒了祖宗。

大家先被他的武功嚇得呆若木雞，繼而又被他的良言感動得痛哭流涕，一個個都表示決心要重新做人。

「可是我們卻身無一技之長，叫我們去做什麼呢？不做強盜，只怕一家人都得餓死。」

「做做小生意也好呀，就算賣饅頭，也總比做強盜好。」

「連一文本錢都沒有，能做什麼生意？不如現在就死了算了。」

這些人一把眼淚，一把鼻涕，的確是天良發現的樣子。

郭大路幾乎也被感動得流淚了。

「沒有本錢，這容易，我有。」

鏢車裡豈非有的是銀子麼？

本錢少了，也做不成生意，郭大路出手一向大方得很。

「每人一百兩。」

大家千恩萬謝，然後，忽然間就全部呼嘯而去，遠遠都可以聽見他們在說：「這位恩公不但是大英雄、大豪傑，而且簡直是個活菩薩、大聖人。」

郭大路心裡也是熱血沸騰，感慨不已：「人之初，性本善，若非被逼得無路可走，又有誰願意做強盜呢？」

等他的感情漸漸平靜的時候，他才忽然發現了兩件事：第一，鏢車裡的銀子已被分掉一大半。

第二，這些銀子並不是他的。跟著他的鏢伙們一個個都張大了嘴，眼睜睜的瞧著他，誰也分不清他們這種眼色是將他看成什麼？

是大英雄？大聖人？還是個大呆子？

鏢銀少了一大半，鏢頭當然是要賠。

郭大路回鏢局的時候，心裡雖有些不安，卻還不太難受。

他有把握賠這鏢銀，有本事的人都有這種把握。

「我這匹馬是二百八十兩買來的，身上還剩下七百多兩銀子，加起來也有一千多兩了。先賠他們再說。」

剩下的呢？

「剩下的鏢局先墊上，我用副總鏢頭的薪餉慢慢來還。」

中原鏢局能請到他這樣的副總鏢頭，以後名氣自然會愈來愈大，生意自然會愈來愈好，他的薪餉當然絕不會少，很快就能還清的。

羅振翼一直在聽著，聽得目定口呆，聽得像是已出了神。

郭大路還是很有把握，因爲他覺得自己提出的這方法實在太合理了。

他再也想不到羅振翼會突然跪了下來。

羅振翼跪下來並不是要求他留下，也不是叩謝他的救命之恩，而是求他快走，走得愈快愈好，愈遠愈好。

「你救過我，我替你賠鏢銀，就算還了債。像郭大爺你這樣的人，我以前實在沒有見到過，只求以後也莫要遇見才好。」

所以郭大路就走了。

但走到哪裡去呢？現在，他身上雖然還佩著劍，衣服雖然還是很光鮮，但大白馬已沒有了，剩下的幾兩碎銀子，非但不能讓他再住最好的客棧，上最好的館子，就算吃饅頭，睡大炕，也維持不了幾天。

郭大路是不是也會覺得有些恐慌，有點難受？

不是，他完全不在乎。

像他這麼樣有本事的人，還怕沒飯吃嗎，那豈非笑話？

還是找了家最大的館子，好酒好菜，痛痛快快的吃了一頓。

一個男人吃了頓好飯後，心情總是特別好的，何況還帶著六七分酒意，就算最討厭的人，在他眼中看來都會變得可愛多了。

所以他就將剩下來的銀子全都給了很可愛的店小二，所以走出門的時候，他的口袋就變得和剛洗過一樣，洗得又乾淨、又徹底。

下頓飯在哪裡？簡直連一點影子都沒有。

但這又有什麼關係？船到橋頭自然直，天無絕人之路，現在唯一重要的事是找個地方舒舒服服的睡一覺。

「明天，又是另外一天了。」無論什麼事，到了明天，總會有辦法的，今天晚上若就爲明天的事擔心，豈非划不來？

郭大路打了個呵欠，大模大樣的走進了城裡最好的客棧。

他只忘了一件事。

客棧的門雖然永遠是開著的，走進去的時候雖然很容易，走出來的時候，就困難多了。

你袋子裡若沒錢，人家就不會讓你再大模大樣的走出來。

郭大路當然不會開溜，也不會撒賴，那怎麼辦呢？

在這種時候，他才有點著急了，在院子裡兜了兩個圈子，忽然發覺牆上貼著張紅紙條，上面寫著：「急徵廚師。」

於是郭大路就做了廚子。

做鏢頭，連頭帶尾，他總算還幹了半個多月。

廚子他只幹了三天。

這三天裡，他多用了二十多斤油，摔壞了三十多個碗，四十多個碟子。

別人居然忍耐下來了，因爲郭大路燒出來的幾樣菜的確不錯，有時候找個好廚子甚至比找個好太太還困難得多。直到郭大路將一盤剛出鍋的糖醋魚摔到客人臉上去的時候，別人才真的受不了。

那客人也只不過嫌他魚做得太淡，要加點鹽而已，郭大路就已火冒三丈高，指著人家的鼻子大罵：「你吃過糖醋魚沒有？你吃過魚沒有？糖醋魚本來就不能做得太鹹的，你知不知道？」

天下的廚子若都像你這麼兇，那還有人敢上館子。

到了這種地步，別人就算還敢留他，他自己也耽不下去了。幹了三天廚子，唯一的收穫就是身上多了層油煙，口袋還是空的。

但是，「此處不留人，自有留人處」。怕什麼？

郭大路當然還是一點也不在乎，他什麼事都會做，什麼事都能幹，爲什麼要在乎？

問題是，幹什麼呢？

郭大路開始想，想了半天，忽然發覺自己會做的事，大多數都是花錢的事——騎馬、喝酒、賞花、行令，這種事能賺得到半文錢麼？

幸好還有一兩樣能賺錢的，譬如說，賣唱。

以前他唱曲的時候，別人常常會拍爛巴掌，聽出耳油，還有人問他：是不是在娘胎裡就已學會唱了？

也有人說：憑他的嗓子，憑他對樂曲的修養，若是真的去賣唱，別的那些賣唱的人一定沒有飯吃。

郭大路雖不願搶別人的飯碗，怎奈肚子卻已開始在唱了——唱空城計。

於是他找了家自己從未上去過的酒樓，準備賣唱。

一上樓，店小二們就立刻圍了上來，倒茶的倒茶，送毛巾的送毛巾，陪著笑，哈著腰，問他：「大爺今天想吃點什麼？喝點什麼？今天小店的魚是特地從江南快馬捎來的，要不要活殺一條來配三十年陳的紹興酒？」

像郭大路這麼樣有氣派的人，店小二不去巴結他去巴結誰？

郭大路的臉卻已紅得像是喝過三十斤紹興酒了，「我是來賣唱的」，這句話他怎麼還能說得出口？

過了大半天，他才結巴的說了句：「我來找人……」話未說完，他已像被人用鞭子趕著似的下了樓，奪門而出。

這當然不能怪那些店小二，只怪他自己無論怎麼看也不像是個賣唱的。

「唉，原來一個人相貌長得太好，有時也很吃虧的，也許我長得醜些反而好些。」

郭大路雖然是在嘆著氣，卻幾乎忍不住立刻要去照照鏡子。

賣唱也賣不成，幹什麼呢？

「老天給了我這麼樣一雙靈巧的手，我總有事可做的。」

郭大路對自己的手一向很滿意。

他看著自己細長而有力的手指，心裡忽然想起了一些已在江湖中流傳了很久的故事：「一個落難的少年英雄，潦倒得在街頭賣藝，恰巧遇著上一位老英雄和他嬌媚的小女兒，對這落拓英雄的武功大爲傾倒……」

結果自然是英雄和美人成了親，從此傳爲武林之佳話。

「對，賣藝，就在街頭賣藝，憑我這身武功，還怕沒有人賞識？」

郭大路開心得連肚子餓都忘了，只怪自己前兩天爲什麼沒有想出這好主意。

天雖已黑，街上還是很熱鬧。

郭大路選了個最熱鬧的街角，準備開始賣藝了。

但在開始的時候，好像還得先說上一段開場白。

說什麼呢？

郭大路的口才並不差，不該說的話，他常常說的又機靈，又俏皮，只不過等到該他說話的時候，他反而說不出了。

「不說也沒關係，反正別人是來看我的本事，不是來聽我說話的；只要我本事一拿出來，還怕人不圍過來看麼？」

於是郭大路挽了挽袖子，掖了掖衣角，就在這街角上將他生平最得意的一套拳法練了起來。

只見他拳起時如猛虎出柙，腳踢時如蛟龍入海，拳影翻飛，拳風虎虎，當真是每一招都有真才學，每一式都有真功夫。

但別人非但沒有圍過來，反而都遠遠的避開了，就算有幾個膽子大的，也只敢站在屋角偷偷的瞧。

「這人忽然在街上打起拳來，莫非有了毛病？」

郭大路本來練得還蠻得意，後來才漸漸發現有點不對。

幸好他立刻恍然大悟。

「我練的是真功夫，一點花拳繡腿都沒有，這些凡夫俗子當然看不出好處來，好，我就再練點驚人的給他們瞧瞧。」

想到這裡，郭大路突然一個鷂子現身，「砰」的一拳將後面的牆打破了個大洞，「呼」的一腿將街角繫馬的石樁子連根踢倒——他自己的褲子當然也被踢破了。

只聽一片驚呼，滿街的人突然全部落荒而逃，有幾家店甚至將大門都上了起來，只因為街上來了個吃錯藥的瘋子。

這就是郭大路賣藝的經過，他練了一趟拳，還加上一招開山功，一招掃堂腿，換來的只不過是條破褲子。

他的故事爲什麼不像別的落魄英雄那麼好聽呢？

這實在沒法子，世上本就有很多事聽來很美，做來就不美了。

這天晚上，郭大路只有餓著肚子，在破廟的供桌上睡了一覺。

他當然還可以上最好的館子先吃了再說，上最好的客棧睡下再說，但我們的英雄雖然有些糊塗，卻絕不賴皮。丟人的事，死也不肯做的。

「就算要做賊，也得做大強盜，絕不能做偷雞摸狗的小偷。」

到了第二天下午，郭大路忽然想到做賊。

這念頭連他自己也不知道是從哪裡來的——大概是從他那已快被磨穿的肚子裡來的。

「做賊也並不太壞，有很多劫富濟貧的義盜，他們的故事豈非也一樣能在江湖中流芳千古麼？」

於是郭大路決定做強盜，當然是做個義盜、大盜。

這次他決定只許成功，不許失敗。

「要做好一件事，還未開始時，就一定先得計劃周密。」

要做個賊，該計劃些什麼？

第一，當然是要找個合適的對象下手，這人一定要很有錢，而且爲富不仁，如果是貪官污吏更好。

你搶了這種人的錢，別人非但不會怪你，反而會拍手稱快。

郭大路打起精神，開始四下找，找了很久，終於找到對象。

那是一棟座落在山腰上的房子，房子很大，建築得很堂皇。

那表示房主一定很有錢。

房子距離市區很遠，很偏僻，附近簡直可說是荒無人煙，距離這房子最近的地方，就是墳場。

這表示房主一定不是光明正大的人，光明正大的人絕不會住在這種地方。

所有的條件都很適合，現在只等到了合適的時候，就去下手。

最合適的時候自然是晚上。

但郭大路卻等不及了，黃昏時就闖進了這房子。

他第一眼看到的東西，是張床。

一張很大很大、很舒服很舒服的床。

床上躺著個人。

除此之外，他再也沒看到別的。

這房子很大，建築很堂皇，前前後後，至少也有三十間房，最大的一間房大得可以同時擺下十幾桌酒。

但前前後後幾十間屋子裡，除了這張床，這個人之外，什麼都沒有了，甚至連桌子和凳子都沒有。

郭大路怔住了。

躺在床上的那個人並沒有睡著，眼睛一直睜得很大，可是儘管他前前後後的跑，前前後後的找，這人始終沒有理他。

到後來郭大路忍不住衝到這人床前，想問問他究竟是怎麼回事。

這人卻反而先問：「找到什麼值錢的東西沒有？」

郭大路只好搖搖頭。

這人嘆了口氣，道：「我早就知道你找不到的，我已經找了三天，連最後一個破鐵鍋都被我拿去換燒餅了。你若還能找到別的，那本事真不小。」

他長得本不算難看，只不過顯得面黃肌瘦，連說話都是有氣無力的樣子，的確像是已餓了好幾天。

但他睡的這張床，卻不折不扣是張好床。

這空房子裡怎麼還會有這麼樣的一張好床？這人睡在床上幹什麼？

郭大路忍不住問道：「這裡究竟是什麼地方？」

這人道：「說起這地方，可真是大大有名。」

郭大路道：「有名？有什麼名？」

這人道：「你聽見過富貴山莊這名字沒有？這裡就是富貴山莊。」

郭大路幾乎忍不住叫了起來，道：「富貴山莊？這見鬼地方居然叫富貴山莊？」

這人道：「一點也不錯，胖子既然可能變得很瘦，富貴山莊也可能變得很窮，這又有什麼好稀奇的呢？」

郭大路道：「那麼，你又是何許人也？耽在這種鬼地方幹什麼？」

這人清了清喉嚨，道：「我不耽在這裡耽在哪裡？我就是富貴山莊第七代的莊主。」

郭大路又怔住了。

這人的眼睛一直盯著他手裡的劍，忽又道：「你這把劍看來倒不錯。」

郭大路道：「本來就不錯。」

這人道：「看來總還值好幾兩銀子吧。」

郭大路又叫了起來道：「好幾兩？你識貨不識貨？告訴你，這柄劍是我花一百多兩銀子買來的。」

這人的眼睛裡好像有了光，說話的聲音也響了，道：「你從這裡下山，往左走，有家利源當鋪，那裡的朝奉雖然是個刮皮鬼，倒還很識貨，你乘他們還沒有打烊，趕快去，這柄劍至少還可以當二十兩銀子。」

他噓了口口水，接著又道：「當舖的斜對面，就是家老廣開的燒臘店，做的燒鴨和脆皮肉都不錯，隔鄰還有酒賣。你當來銀子後，就先買兩隻燒鴨、五斤肉、十斤酒，趕快送回來，我已經餓得很了，而且燒鴨冷了也不好吃。」

郭大路瞪大了眼睛，瞧著這人，那表情簡直就和羅振翼在聽他說話的時候一樣。

過了很久，他才吐出口氣，道：「你叫我去把自己的劍當了，買酒肉回來送給你吃？」

這人笑道：「你總算聽懂了。」

郭大路道：「你知不知道我到這裡來，是想來幹什麼的？」

這人道：「我當然知道，你是想來搶錢的。」

郭大路瞪眼道：「你既然知道我是強盜，還想在我身上打主意？」

這人笑道：「你雖是強盜，我卻是窮鬼，強盜遇見窮鬼，也只有自認晦氣。」

郭大路瞧著他，忽然發覺這人笑得很可愛，甚至很嫵媚。

他自己也忍不住笑了，道：「就算你想在我身上打主意，至少也該自己把我這柄劍拿去當，自己去買酒回來給我吃才對呀。」

這人道：「要做好人就做到底，還是你走一趟。」

郭大路道：「你呢？你連動都懶得動？」

這人嘆了口氣，道：「你想，我若是不懶，又怎麼會窮成這樣子呢？」

郭大路第三次怔住了。他以前實在也沒見過這樣的人，他實在也拿這人沒法子。

他居然真的將劍換了酒肉回來。

一條鴨腿、半斤酒下了肚，這人才從床上坐了起來，笑道：「我吃了你的酒，卻連你的名字都不知道。」

郭大路道：「我叫郭大路，大方的大，上路的路。」

這人道：「大路──你這人倒真的名副其實，真的很大路。」

郭大路道：「你呢？你叫什麼名字？」

這人道：「我叫王動，帝王的王，動如脫兔的動。」

郭大路看著他，看了很久，突然大笑，道：「我看你實在應該叫做王不動。」

## 三

只有死人才完全不動。

王動雖不是死人，但動得比死人也多不了多少。

不到萬不得已的時候，他絕不動。

他不想動的時候，誰也沒法子要他動。

油瓶子若在面前倒了，任何人都會伸手去扶起來的，王動卻不動。天上若突然掉下個大元寶，無論誰都一定會撿起來的，王動也不動。甚至連世上最美的女人脫得光光的坐到他懷裡，他還是不會動的。

但他也有動的時候，而且不動則已，一動就很驚人。有一次他在片刻內不停的翻了三百八十二個跟斗，爲的只不過是想讓一個剛死了母親的小孩子笑一笑。

有一次他在兩天兩夜間趕了一千四百五十里路，爲的只不過是去見一個朋友的最後一面。他那朋友早已死了。

有一次他在三天三夜中，踏平了四座山寨，和兩百七十四個人交過手，殺了其中一百零三個，只不過因爲那夥強盜殺了趙家村的趙老先生老兩口子，還搶走了他們的三個女兒。

趙老先生和那三位姑娘他根本全不認得。

若有人欺負了他，甚至吐口痰在他臉上，他都絕不會動。你說他奇怪，他的確有點奇怪。

你說他懶，他的確懶得出奇，懶得離譜。

現在，他居然和郭大路交上了朋友。像他們這麼樣兩個人湊到一起，他們若不窮，你說誰窮？

他們雖然窮，卻窮得快樂。

因爲他們既沒有對不起別人，也沒有對不起自己。

因爲他們既不怨天，也不尤人，無論他們遇到多麼大的困難，多麼大的挫折，都不會令他們喪失勇氣。他們不怕克服困難時所經歷的艱苦，卻懂得享受克服困難後那種成功的歡愉。

就算失敗了，他們也絕不氣餒，更不灰心。

他們懂得生命是可貴的，也懂得如何去享受生命。

所以他們的生命永遠是多姿多采。這一生中，他們做了許多出人意外、令人絕倒的事，你也許會認爲他們做的事很愚蠢、很可笑。

但你卻不能不承認，他們做的事別人都做不到。

你也做不到。所以我相信你一定喜歡聽他們的故事。

# 二 燕七與螞蟻

## 一

有郭大路和王動這麼樣兩個人，做出來的事已經夠叫人瞧老半天的了，怎麼能再加上個燕七？

燕七一個人做出來的事，已經比別人三百個加起來都要精彩，怎麼能再加上郭大路？再加上王動？

但老天偏偏要叫他們三個人湊在一起，你說這怎麼得了。

## 二

郭大路和王動並不是天天都窮，時時刻刻都窮的，偶爾他們也會有不窮的時候，只不過誰也不知道他們什麼時候會不窮，更不知道他們錢是從哪裡來的。

連他們自己都不知道。

他們的錢總是來得出乎意外，連他們自己都有點莫名其妙。

這也許因爲他們花錢更花得莫名其妙。

已經快秋天了，「富貴山莊」後園裡的樹上，忽然結出了滿樹又甜又大的梨子，摘下來足足可以裝幾十簍，賣出去居然賣了二三十兩銀子。

梨是自己從樹上長出來後，就有人來問價錢，自己從樹上摘走，從頭到尾都用不著他們出一分力，幫一點忙。

這錢簡直就好像從天上掉下來的，當然一定要慶祝慶祝。

要慶祝，當然不能沒有酒，有了酒，當然更不能沒有肉。

「穿威風，賭對沖，嫖成空」，只有「吃」最實惠，這是王動的原則，也是他最大的享受。

開始的時候，他總是躺著吃、睡著吃，吃得高興的時候，才坐起來，但一吃累了，就又要躺去，躺下去再吃。

所以他那張床簡直比廚房裡的桌子還油膩，你無論往什麼地方去隨手一摸，總會摸出一兩塊吃剩下的肉，三四根還沒啃完的肉骨頭。

郭大路雖不是很愛乾淨的人，但寧可睡地鋪，也不敢躺在他床上。

王動就樂得獨自享受一張床，這張床不但是他睡覺的地方，也是他的客廳、他的花園、他的飯桌。

最妙的是，他還能躺在床上喝酒，先把酒瓶子對著嘴，然後「咕嘟咕嘟」一口氣喝下去，絕不會有半滴酒漏出來。

郭大路對他這手可佩服極了，自己也想學學，又有點猶疑，忍不住問道：「躺著喝酒也能喝得下去麼？」

王動道：「當然喝得下去。」

郭大路道：「會不會從鼻子裡噴出來？」

王動道：「絕不會，就算頭下腳上吊著喝，也不會從鼻子裡噴出來。」

郭大路道：「你怎麼知道？」

王動道：「我試過。」

郭大路笑了，道：「你連坐都懶得坐，怎麼肯把自己吊起來？」

王動道：「你若不信，爲什麼不自己試試？」

所以郭大路就把自己吊了起來，然後再將酒瓶對著嘴，慢慢的一口一口往肚子喝，剛喝了兩口，酒已從鼻子裡噴了出來。

就在這時，他看到了燕七——先看到了燕七的一雙腳。

燕七的腳也許和別人沒什麼兩樣，但穿的一雙靴子卻特別極了。

他穿的靴子是用小牛皮做的，手工極精緻，上面還帶著花紋，比起塞外回回大王爺腳上穿的靴子，也毫無遜色。

這並不奇怪。

奇怪的是，他這雙靴子什麼都有，就是沒有鞋底。

他身上穿的衣服本來也很華麗，而且很合身，但現在卻已被撕得七零八落，簡直沒有一塊完整的地方。

只有他頭上戴的帽子，倒不折不扣是頂很漂亮的帽子。

他的人並不太高，但手腳卻很長。

他的臉很秀氣，甚至有點像小姑娘的臉，大大的眼睛，小小的嘴，笑起來的時候還有兩個酒窩；但不笑的時候，他的臉立刻就變得冷冰冰，臉色也白得發青，幾乎令人有點不敢親近。

他的衣服本來好像是淡青色的，現在卻是一塊紅，一塊黃。

黃的自然是泥，紅是的什麼呢？

難道是血？

兩個人好好的在家裡喝酒，突然看到這麼樣一個人闖了進來，無論誰都難免要嚇上一跳。

但郭大路和王動卻還是一個睡著、一個吊著，好像根本沒看到這個人似的。

你走進一間屋子，若是看到一個人睡在床上喝酒，一個人倒吊著喝酒，只怕會以爲自己走進了瘋人院，縱然沒有被嚇得奪門而逃，也難免頭皮發毛。

但這人卻像是一點也不覺得驚奇，就好像吊著喝酒本來就是很正常的方式，坐著喝酒才應該奇怪，這人就是燕七。

郭大路的腳倒掛在屋樑上。

燕七突然凌空翻了個跟斗，把一雙腳也倒掛上屋樑，臉對著郭大路的臉，像是覺得這樣子才好說話。

但他卻一句話也沒有說。

郭大路又開始覺得這人有趣了，突然擠了擠眼，做了個鬼臉。

燕七也擠了擠眼，做了個鬼臉。

郭大路道：「你好。」

燕七道：「好。」

郭大路眼珠子一轉，道：「喝口酒？」

燕七道：「好。」

郭大路立刻將酒瓶遞了過去，他存心想看看酒從這人的鼻子裡往外冒的模樣。

誰知這人的技術比他強多了，「咕嘟咕嘟」，一口氣將大半瓶酒全都喝了下去，居然連一滴都沒有漏。

郭大路的眼睛已看得發直，道：「你以前就這樣喝過酒？」

燕七道：「喝過幾次。」

他忽然笑了笑，接著道：「我想試試這麼樣喝酒是不是能喝得下去。」

一個人若連這種事都試過，他沒有做的事只怕就很少了。

郭大路忍不住笑道：「你還試過幹什麼？」

燕七道：「你能說得出來的事，大概我全試過。」

郭大路笑道：「世上大概很少再有別的事比倒吊著喝酒更難受的吧？」

燕七道：「還有幾樣。」

郭大路道：「還有？那麼最難受的事是什麼？」

燕七道：「最難受的事就是被人釘在棺材裡，埋在地下。」

郭大路眼睛瞪得更大，道：「這種事你也試過？」

燕七道：「試過的次數倒也不太多，只不過才兩次而已。」

郭大路突然一個跟斗從半空中跳下來，瞪著他。

燕七臉上一點表情也沒有。

過了很久，郭大路才嘆了口氣，道：「你這人若不是吹牛大王，就一定是個怪物。」

王動忽然道：「他是怪物。」

燕七笑了笑，道：「彼此彼此。」

郭大路撫掌大笑，道：「不錯不錯，大家都是怪物，否則也不會到這裡來了。」

他忽又接道：「我第一次到這裡來，是爲了想做強盜，你呢？」

燕七道：「我卻不想做強盜，因爲，我早就是強盜了。」

郭大路上上下下打量了他幾眼，忍不住笑道：「像你這樣的強盜，一定是笨強盜。」

燕七道：「不是笨，只不過走了霉運。」

郭大路道：「走了霉運？」

燕七嘆了口氣，道：「若不是走霉運，怎麼會闖到這裡來。」

郭大路道：「對了，你到這裡來，究竟是想幹什麼的？」

燕七道：「什麼都不想幹，只不過想找個地方躲一躲。」

郭大路道：「爲什麼要躲？」

燕七道：「因爲又有人想把我釘在棺材裡，埋到地下去。」

郭大路道：「這次是什麼人？」

燕七道：「螞蟻。」

郭大路張大了嘴，幾乎連下巴都掉了下來，道：「你……你說什麼？」

燕七道：「我說螞蟻。」

郭大路道：「螞蟻？……」

他忽然笑彎了腰，喘著氣道：「你若連螞蟻都怕，膽子可真不小。」

燕七卻嘆了口氣，搖著頭道：「看來你簡直沒有在江湖中混過，居然連『螞蟻』是什麼都會不知道。」

郭大路道：「在我三歲的時候，就知道螞蟻是什麼了。」

燕七道：「是什麼？」

郭大路道：「是一種很小很小的，在地上爬來爬去的蟲。王動的床上就有不少，我隨時可以捉幾隻來給你瞧瞧。」
燕七道：「我說的不是這種螞蟻，是人。」
郭大路怔了怔，道：「人？螞蟻是人？」
燕七道：「是四個人，這四個人是螞蟻王，手下還有很多小螞蟻。」
郭大路道：「哦？」
燕七道：「這四個人一個叫金螞蟻，一個叫銀螞蟻，一個叫紅螞蟻，一個叫白螞蟻。」
郭大路忍住笑，道：「既然有紅螞蟻、白螞蟻，就應該有黑螞蟻才對。」
燕七道：「本來的確有一個，現在卻已死了。」
郭大路眨了眨眼，道：「既然明明是人，爲什麼要叫小螞蟻？」
燕七道：「很多人都有外號的。」
郭大路道：「要取外號，至少也該取個威風堂皇點的名字，譬如叫什麼『插翅虎』嘍，『金毛獅』嘍，什麼外號都好取。爲什麼要叫螞蟻？」
燕七道：「因爲他們都長得很小，都是侏儒。」
郭大路愈聽愈不像話了，還是忍住笑道：「侏儒有什麼可怕的？」
燕七道：「這幾個侏儒非但可怕，而且可怕極了，世上比他們更可怕的人只怕已沒有幾個。」

郭大路道：「哦？莫非他們的本事很大？」

燕七道：「他們每個人都有種很特別的功夫，連峨嵋派的第一高手都已死在他們手下。」

郭大路道：「既然如此可怕，你爲什麼還要去惹他們？」

燕七又嘆了口氣，道：「因爲我最近鬧窮，又走霉運，半個月裡連輸了十五場，連鞋底都賣了，拿去還賭債……」

郭大路叫了起來，道：「什麼？你說你將鞋底賣了還賭賬？」

燕七道：「不錯。」

郭大路道：「你欠了多少賭賬？」

燕七道：「大概七八千兩。」

郭大路道：「你鞋底賣了多少？」

燕七道：「兩隻鞋底一共賣了一千三百兩。」

他愈說愈不像話了，郭大路索性就想再聽聽他還有什麼鬼話可說，拚命忍住笑道：「那就豈非還差六千七百兩？」

燕七道：「正因如此，所以我才要打別的主意。」

郭大路道：「你既然是強盜，爲什麼不去搶？」

燕七正色道：「你以爲我這個強盜是什麼人都搶的嗎？」

郭大路道：「你還挑人？」

燕七道：「不但挑人，而且挑得很厲害，不是貪官我不搶，不是奸商也不搶，不是強盜更不搶，人不對不搶，地方不對也不搶。」

郭大路道：「原來你這強盜還搶強盜？」

燕七道：「不錯，這就叫黑吃黑。」

郭大路道：「所以，你主意就打到那些螞蟻頭上去了。」

燕七道：「對了，我碰巧知道那幾天他們做了票大買賣，所以就去問他們借一萬兩銀子。」

郭大路道：「他們答應了沒有？」

燕七道：「答應是答應了，卻有個條件。」

郭大路道：「什麼條件？」

燕七道：「他們要我睡在棺材裡，再埋到地下去耽兩天，看看我究竟死不死得了。」

郭大路道：「這樣的事你豈非早就幹過了麼？」

燕七道：「雖然幹過，但那滋味卻實在不好受。」

郭大路道：「所以你就沒有答應。」

燕七道：「我答應了，因爲什麼債都可以欠，只有賭債是欠不得的。」

郭大路道：「你答應了他們，卻又不肯認賬，所以他們才來追你？」

燕七道：「一點也不錯。」

郭大路道：「你叫什麼名字？」
燕七道：「燕七。」
郭大路道：「你還有六個哥哥姐姐？」
燕七道：「沒有。」
郭大路道：「你既然不是排行第七，為什麼要叫燕七？」
燕七道：「因為我已死過七次。」
郭大路道：「若是再死一次，你豈非就要叫做燕八了？」
燕七苦笑了笑，道：「燕七這名字蠻好，我不想再改了。」
郭大路突然彎下腰，大笑了起來，笑得眼淚鼻涕都流了出來，指著他笑道：「你不是怪物，你不折不扣是個吹牛大王。」
燕七道：「我說的話你不信？」
郭大路道：「連一個字都不信，你說的話簡直連三歲大的小孩子都不會相信。」
燕七嘆了口氣，道：「我本來就不打算說真話的，因為我早就知道謊話比真話更容易令人相信。」
郭大路笑道：「你說的若是真話，我情願在地上爬……」
突聽一人道：「你爬吧。」

這聲音又尖又細，聲音雖不大，卻刺得人的耳朵發麻。

郭大路抬起頭，就看到一個人。

這人就站在窗台上，卻還沒有窗子高。

窗子最多也不過只有三尺半。

他身上穿著件金光閃閃的衣服，若不是臉上生著鬍鬚，眼角有了皺紋，無論誰都會將他看成個五六歲的小孩子。

郭大路怔了半晌，才長長吐出口氣，道：「你就是金螞蟻？」

金螞蟻道：「不錯，所以我可以保證他說的全都是真話，一個字也不假。」

郭大路又吐了口氣，苦笑道：「金螞蟻既然來了，銀螞蟻呢？」

話未說完，窗子上就又出現了個人。

這人總算比金螞蟻高些，但，最多也只不過高兩三寸。

他身上穿著件銀光閃閃的衣服，臉上還戴著個銀面具，看來就像是個用白銀鑄成的小妖怪，實在說不出的詭秘可怖。

連郭大路都覺得有點毛骨悚然，喃喃道：「看來紅螞蟻穿的一定是紅衣服。」

只聽一人嬌笑道：「你猜對了。」

笑聲又清脆，又嬌媚，這麼好聽的笑聲無論誰都很少能聽到。只要聽到這種笑聲，就可以想像到笑的人一定很美。

紅螞蟻的確很美。

侏儒的身材本來一定不會長得很勻稱，但她卻是例外。

她穿著件緊身的紅衣服，該細的地方絕不粗，該胖的地方絕不瘦，一張端端正正的瓜子臉，眉似遠山，目如春水，笑靨甜甜的，更濃得化不開，只要將她再放大一倍，就是個絕色的美人。

若是真的將她放大了一倍，甚至連郭大路這種男人也許都不惜爲她犯罪。

縱然還沒有放大一倍，郭大路的眼睛也不禁瞧得發直了。

她那雙春水般的眼波也正在瞟著郭大路，媚笑道：「你這人的眼睛不老實。」

郭大路嘆了口氣，道：「我本來就不是個老實人，從頭至腳都沒有一個地方老實的。」

紅螞蟻咯咯笑道：「難道你是個色鬼？」

郭大路道：「雖然不完全是，也差不了多少，只可惜……」

紅螞蟻臉上的笑容忽然不見了，道：「只可惜怎麼樣？」

郭大路道：「只可惜人不能縮小，否則我倒也想變成個黃螞蟻。」

紅螞蟻咬著嘴唇，嘴角又露出了甜甜的笑容，道：「你敢調戲我，膽子倒真不小，難道就

不怕我的老公吃醋麼？」

郭大路道：「你老公是誰？白螞蟻？……聽說白螞蟻會飛的。」

紅螞蟻嬌笑著，道：「你又猜對了，真是個天才兒童。」

銀鈴般的笑聲中，窗外忽然有樣東西飛了進來。

這樣東西無論怎麼看都不像是個人，輕飄飄的，就像是片淡淡的雲，又像片白白的雪，輕飄飄的飛了進來，突然「呼」的從郭大路頭頂上飛過。

郭大路只覺頭頂一涼，若不是躲得快，腦袋說不定已搬了家。

只聽「呼」的一聲，這片東西又飛了回來。

這當然不是人，人絕不會有這麼可怕的輕功。

但他卻偏偏是個人，一個穿著雪白衣裳的人，袖子又寬又大，就像是兩隻翅膀，人卻又瘦又小，長不滿三尺半，寬不及一尺，若是放在秤上秤一秤，絕不會比一隻兔子重多少。

若不是這麼樣一個人，又怎麼會練得成這麼樣的輕功？

郭大路又嘆了口氣，喃喃道：「白螞蟻果然是會飛的。」

燕七道：「白螞蟻輕功天下第一，紅螞蟻全身都是暗器，金螞蟻拳劍雙絕，銀螞蟻刀槍不入。我早就說過，他們每個人都有種很特別的功夫，現在，你總該相信了吧？」

郭大路苦笑，道：「你要我現在就爬，還是等等再爬？」

白螞蟻冷冷道：「最好現在就爬，爬出去，免得被人抬出去。」

紅螞蟻吃吃笑道：「你看，我說他會吃醋的，現在你總也該相信了吧？」

金螞蟻道：「我們的事與你們無關，你們的確還是爬出去的好。」

郭大路道：「我不會爬，你最好先教教我。」

事。」

紅螞蟻笑道：「看來我們只帶一口棺材來的確太少，應該帶三口來才對。」

郭大路道：「你們連棺材都帶來了?真的要把他釘入棺材?」

金螞蟻道：「我早就說過，他說的話，每個字都不假。」

燕七忽然拍了拍郭大路的肩膀，笑道：「這是我惹的麻煩，用不著你來逞英雄、管閒事。」

紅螞蟻笑道：「這就對了，反正你已死過七次，再多死一次又何妨?」

燕七道：「這是人家的地方，我要死，也不能死在這裡。」

白螞蟻道：「那麼你出去。」

燕七拍了拍衣服，笑道：「出去就出去……兩位，這次我若還死不了，一定會回來找你們喝酒的。」

王動一直睡在床上，一動也不動，此刻忽然道：「等一等。」

金螞蟻道：「等什麼?」

王動道：「你可知道這是什麼地方?」

紅螞蟻吃吃笑道：「我知道，這是你的豬窩。」

王動道：「這裡若是豬窩，我就是豬大王，無論誰到了這裡，都得聽我的。」

金螞蟻怒道：「你要怎麼樣?」

王動道：「我要燕七留下來陪我喝酒，要想再找個能倒吊著陪我喝酒的人並不容易，我怎麼肯讓他睡到棺材裡？」

郭大路笑了，道：「你想動了麼？」

王動道：「這些螞蟻會咬人，我想不動也不行。」

郭大路道：「怎麼動？」

王動道：「紅螞蟻是我的，白螞蟻歸你。」

王動不動，一動起來就動得厲害。

這句話剛說完，他的人已忽然從床上彈起，撲了出去。

不但人撲了出去，他身上蓋著的那床被也跟著撲了出去。

他認準了紅螞蟻。

紅螞蟻卻根本看不到他的人，只看到一床黑黝黝的棉被向自己捲了過來。

她身子一轉，已有三四十件五顏六色、各式各樣的暗器飛了出來，有的又快又急，有的互相撞擊，有的在空中打著轉。

因爲她的人小，所以暗器也特別小。

因爲暗器特別小，所以破風之力特別強，別人也特別難躲。

但她卻忘了一件事，棉被不是人。

棉被是打不死的。

她的暗器雖然奇巧，手法雖然高明，也一點用都沒有。

只聽「噗、噗、噗」一連串聲響，三四十件暗器，全都打在棉被上，棉被上有豬油、有鴨油、有雞油，還有痳油。

這床棉被簡直就像是用油泡過的，泡得又滑又韌，就算是強弓硬弩，也未必能夠射得穿，何況是這麼小的暗器？

等到紅螞蟻發覺上當了，身形向後倒掠而出，棉被已烏雲般捲了過來。

王動不動，誰也想不到他一動起來竟這麼快。

紅螞蟻剛嗅到一種奇奇怪怪的油膩味道，整個人已被棉被包了起來。

她的人若是長得高大些，王動也未必能用床棉被將她包住，怎奈她的人實在太小了，王動兩隻手一圍，她整個人已像是裹粽子似的被包在中間。

王動的身子卻還是沒有停，只聽身後風聲響動，白螞蟻已飛掠了過來，王動再快，也沒有這隻會飛的白螞蟻快。

眨眼間白螞蟻就已追上了他。

王動就是要白螞蟻追上他，因爲他知道自己絕對追不上白螞蟻。

等白螞蟻追過來了，他身子驟然一停，一轉，將手裡的一捲棉被送了過去。

棉被裡捲著的是自己的老婆，白螞蟻當然不能不接住。

這捲棉被比他的人大一倍，重兩倍，他一伸手接住，身子就立刻往下掉。王動卻已繞到他背後，輕輕鬆鬆就拍了他的穴道。

白螞蟻小小的臉上青筋暴露，瞪著他，連眼珠子都好像要凸了出來。

王動卻又不動了，淡淡笑道：「你敗得不甘心是不是？因爲我用的不是真功夫。告訴你，若用真功夫就不算本事了。我打架從來也不用真功夫的。」

白螞蟻氣得簡直要吐血。

王動的確好像連一點真功夫也沒有，完全是投機取巧。

但若沒有一等一的真功夫，又怎能這麼樣投機取巧？時間又怎能拿得這麼準？出手又怎會這麼穩？

這不但手腳上要有真功夫，腦袋裡更要有真功夫。

王動不動，一動起來可真不得了。

再看那邊的金螞蟻，已被郭大路的拳風迫得連氣都透不過來。

燕七卻在圍著銀螞蟻打轉。

銀螞蟻個子雖較大，卻是一身的硬功夫，功夫一硬，手腳就慢。

燕七轉得愈急，他愈慢。

突然間，燕七摘下頭上的帽子，往他頭上一扣，帽子大，頭小，他整個頭都被蒙住，什麼都看不見了。

燕七伸腳一絆，他就跌倒，只聽「嘩啦啦」一聲，原來他身上穿的竟是銀甲，一跌倒再想爬起來，就不容易。

他想去抓頭上的帽子，但人已被一樣很重很重的東西壓住。原來燕七已一屁股坐在他身上，笑嘻嘻道：「這凳子倒不錯，只可惜太小了些。」

金螞蟻呢？他本就連氣都透不過來了，此刻一發急，一口氣就被憋在肚子裡，用不著郭大路動手，他自己就暈了過去，嘴角吐出了白沫。

郭大路嘆了口氣，道：「原來這人有羊癲瘋，看來我找錯人了。」

王動道：「我本來說白螞蟻歸你，你沒聽見？」

郭大路笑道：「你說你的，我找我的，白螞蟻我追不上他，他卻一定會去追你，所以我就挑了這金螞蟻。無論如何，我塊頭總比他大些，力氣自然也不會比他小，就憑力氣我就已吃定他了。」

王動也嘆了口氣，喃喃道：「想不到你這人居然也會撿便宜。」

郭大路道：「我也想不到你這床棉被居然還有這麼大用處，以後若有人要學接暗器，我一定要勸他在床上吃油雞。」

王動道：「雞油太少，還是吃燒鴨好。」

燕七突然長長嘆息了一聲，道：「我想不到的是，居然會遇見你們這麼樣兩個人，大概是我的霉運已走得差不多了。」

郭大路笑道：「這只因你真的是怪物，不是吹牛大王。」

燕七道：「你們肯幫我的忙，就因爲我說的是老實話？」

郭大路道：「也因爲你能倒吊著喝酒。」

燕七也笑了，道：「若不是看到你倒吊著喝酒，我又怎麼會說那種話？」

他忽又嘆了口氣，道：「其實我還有句話要說的，卻又不知道是不是應該說。」

王動道：「你是不是想謝謝我？」

燕七嘆道：「這樣的事，我實在不知道應該怎麼謝法？」

王動道：「你若真要謝我，倒有件事可以做。」

燕七道：「什麼事？」

王動道：「把我抬回床上去，我又懶得動了。」

## 三

「富貴山莊」無論在任何人眼中看來，都不會是一個很有趣的地方，簡直連一樣可以使人留戀的東西都沒有。

奇怪的是，燕七居然也和郭大路一樣，一來了就再也捨不得走。

這倒並不是因爲他們已沒有別的地方可去，而是因爲……

因爲什麼呢？連他們自己都不清楚。

有些人彼此之間，彷彿有種很奇怪的吸引力，正如鐵和磁石一樣，彼此只要一遇著，就會被對方牢牢的吸住。

這些人只要彼此能在一起就會覺得很開心，睡地鋪也沒關係，餓兩頓也沒關係，甚至連天塌下來他們都不會在乎。

世上只有很少幾件事能令他們受不了，其中有一樣就是眼淚。

女人的眼淚，尤其是一個還不滿四尺的小女人的眼淚。

紅螞蟻的人雖小，但眼淚卻真不少。

郭大路忽然發覺一個女人眼淚的多少，和她身材的大小連一點關係都沒有，愈瘦小的女人，眼淚往往反而愈多。

女人本就有很多事都是這樣子的。

愈胖的人吃得愈少，愈醜的人花樣愈多，愈老的人粉擦得愈厚，衣服愈多的人穿得愈薄。

「唉，女人真是種奇怪的動物。」

郭大路嘆了口氣，紅螞蟻一直不停的哭，已哭得他受不了。

他只好走。

燕七卻不讓他走。

王動早已又躺了下去，蒙頭大睡，他只要一睡著，就死人不管了。

燕七拉住郭大路，道：「你若再走，我拿這四個人怎麼辦？」

郭大路道：「這本就是你的麻煩，不是我的。」

燕七道：「但若不是你們幫我，我怎麼能將他們抓住，他們若沒有被我抓住，我怎麼會有這種麻煩？」

郭大路怔住了。

燕七還怕自己說得不夠明白，又道：「你們若不幫我，我就會被他們抓住，最多再死一次，連一點麻煩都沒有。但現在我既不能殺他們，又不能放他們，你說該怎麼辦？」

他說得愈明白，郭大路愈糊塗。

王動忽然從被裡伸出頭來，笑道：「我倒有個好法子。」

燕七鬆了口氣，道：「你爲何不早說？」

王動道：「你既不想殺他們，又不想放他們，不如就將他們留在這裡，養他們一輩子。」

郭大路立刻拍手笑道：「不錯，的確是好主意，反正他們人長得這麼小，吃得絕不會多。」

紅螞蟻也立刻不哭了，道：「我每天只要吃兩小碗珍珠粉拌飯，再加上一點海鮮，幾片水蜜桃就夠了；沒有水蜜桃，哈密瓜也行。」

燕七的臉上一點表情也沒有，站在那裡，喃喃道：「珍珠粉拌飯？海鮮？水蜜桃？……這倒也不難。」

他忽然轉過身，掉頭就走。

郭大路道：「你到哪裡去？」

多了。」

燕七道：「找那口棺材，躺下去，再找個人埋起來，這至少總比每天找珍珠粉水蜜桃容易

郭大路嘆了口氣，道：「這麼樣看來，為了要救你，就只好把他們放走了，這至少也比再找個能吊起來喝酒的人容易得多。」

他嘴裡說著話，手裡已解開了螞蟻們的穴道。

他們來得快，走得也不慢。

三個人眼看著他們走出去，然後忽然一齊轉過去，我看著你，你看著我。

郭大路道：「你早就想放他們走了，是麼？」

燕七道：「哦？」

郭大路道：「可是，你又不好意思明說，因為我們也出了力，若就這樣放他們走了，你怕我們不甘心，其實……」

燕七道：「其實你也早就想放他們走了，是麼？」

三個人你看著我，我看著你，忽然，一齊大笑了起來。

郭大路笑道：「看來放人不但比殺人容易，而且愉快得多。」

燕七道：「一點也不錯，我們若殺了他們，現在絕不會這麼開心。」

王動道：「但我們放了他們後，他們若再去害別人，那就不愉快了。」

郭大路搔搔頭，大聲搶著道：「絕不會，我看他們並不是十分壞的人。就算以前做過不太

好的事，此後一定會改過的。」

他忽然擠了擠眼，壓低聲音，道：「就算他們真的很壞，聽到了我這句話後，也一定不好意思再去做壞事了。」

燕七道：「你想他們會不會聽到？」

王動道：「當然聽得到，這人說話的聲音連十里外的聾子都能聽得到。」

郭大路笑道：「對了，我嗓子一向不錯，以前還有很多人說我是天生的金嗓子，等我心情好的時候我唱兩段給你們聽聽。」

王動嘆了口氣，道：「你若一定要唱，最好等我睡著了再唱。」

他將頭又蒙進被裡，道：「只要我一睡著，你就算踩到雞脖子，我都不會醒的。」

他們就是這麼樣的人，他們做事的法子的確特別得很。

他們有時做得很對，有時也會做錯。

但，無論如何，他們做事，總不會做得血淋淋的，令人覺得很噁心。

他們做的事，不但能令自己愉快，也能夠令別人歡樂。

# 三　林太平

## 一

每個月裡，燕七都會一個人溜出去兩三次，誰也不知道他到什麼地方去了，更不知道他去幹什麼。

每次他回來的時候，總會帶一兩樣奇奇怪怪的東西回來。

他帶回來的說不定是雙新襪子、是塊繡花手帕、也說不定是鍋紅燒肉、是一整罈家釀的糯米酒。

有時他甚至會帶隻花貓、帶隻金絲雀、帶幾條活魚回來。

但無論是什麼，都沒有他這次帶回來的東西奇怪。

這次他居然帶了個人回來。

一個活生生的人。

這人叫林太平，但自從他來了後，就沒有一個人的日子過得太平。

## 二

有些人很喜歡冬天，因爲冬天可以賞雪、賞梅，可以吃熱烘烘的火鍋，可以躲在熱烘烘的被窩裡讀禁書、睡大覺。

這些樂趣都是別的季節享受不到的。

喜歡冬天的人當然絕不會是窮人，冬天是窮人最要命的日子，窮人們都希望冬天能來得遲些，最好永遠莫要來。

只可惜窮人的冬天總是偏偏來得特別早。

現在已經是冬天了。

富貴山莊院子裡的雪也和別的地方一樣白，而且也有幾株梅花。但一個人的身上穿的若還是春天的薄衣服，肚子裡裝的若還是昨天吃的陽春麵，他唯一還有心情欣賞的東西就是可以往嘴裡吞下去、塞飽肚子的，絕不會是白雪梅花。

郭大路望著院子裡的白雪梅花，喃喃道：「這梅花若是辣椒多好。」

王動道：「有什麼好？」

郭大路道：「你看，這滿地的雪豈非正像是麵粉，配上幾根紅辣椒，豈非正好做一碗辣呼呼的熱湯麵。」

王動嘆了口氣，道：「你這人真俗，林逋若聽到你的話，一定會活活氣死。」

郭大路道：「林逋是誰？」

王動道：「連林逋你都沒有聽說過？」

郭大路道：「我只聽說過肉脯，無論是豬肉脯、牛肉脯、鹿肉脯，用來下酒都不錯。」

王動道：「林逋就是林君復，也就是林和靖，是宋真宗朝的一位大隱士，隱居在西湖孤山，據說有二十年沒有下山一步，除了種梅養鶴外，什麼事都不做，世稱『梅妻鶴子』；做的詠梅詩有兩句是『疏影橫斜水清淺，暗香浮動月黃昏』，更是傳誦千古。」

郭大路悠悠道：「這麼樣說來，這位林先生倒的確是位高人。」

王動道：「高極了。」

郭大路道：「但他的肚子若餓得和我一樣厲害，還會不會這麼高？」

王動想了想，忽然笑道：「到了你這種時候，我想他說不定比你還俗。」

郭大路也笑了。

他忽然發現一個人無論多冷多餓，一笑起來總會覺得舒服得多。

就在這時，王動忽然從床上跳了起來，大聲道：「想起林和靖，我倒想起一樣事來了。」

能叫王動從床上跳起來的事，那真是非同小可。

郭大路忍不住問道：「你想起了什麼？難道也想把梅花作老婆？」

王動道：「我這梅花比老婆還好，是酒……」

郭大路的下巴立刻好像要掉下來了，喃喃道：「酒？哪裡來的酒？」

王動道：「就在梅花下面。」

郭大路苦笑道：「把梅花當老婆已經夠瘋了，想不到這人居然更瘋。」

但梅樹下的的確確埋著一罈酒。

王動道：「這酒還是我十幾年前埋下去的，那年我剛聽到林和靖的故事，也愛上了梅花，所以就弄了罈酒埋在梅樹下，想沾點梅花的香氣。」

你無論將一罈酒埋在什麼地方，若已埋了十幾年，這酒都一定會香得很。

郭大路拍碎封罈的泥蓋，閉著眼睛，深深吸了口氣，嘆道：「這不是香氣，簡直是仙氣。」

王動笑道：「你現在總該感激林先生了吧，若不是他，我就不會埋起這罈酒；若不是他，我也不會想起有這罈酒。」

郭大路已經沒工夫說話了，有酒喝的時候，他的嘴絕不做別的事。

他捧起酒罈就想往嘴裡倒。

王動卻拉住了他，道：「等一等。」

郭大路道：「還等什麼？」

王動道：「燕七已經出去了兩天，算時間已經快回來了，我們至少該等等他。」

郭大路道：「等多久？他回來的時候我們說不定已凍死了。」

他用不著等這麼久。

燕七的聲音已在牆外響起，道：「你們死了最好，這罈酒我樂得一個人享受。」

王動笑道：「這人不但耳朵長，鼻子也長，我早就知道他一嗅到酒香就會趕回來。」

郭大路也笑了，道：「卻不知這長鼻子帶了什麼東西回來給我們下酒？」

燕七道：「下酒的這次我倒沒帶回來，只帶回來個喝酒的。」

林太平的確是個喝酒的。任何人第一眼看到他，都絕不會相信他能喝那麼多酒。

郭大路第一眼看到他的時候尤其不信。

林太平是個很秀氣、很纖弱，而且非常漂亮的人。若說燕七長得有點像女孩子，那麼他簡直就像是個女孩子化裝的。

他的嘴很小，就算用「櫻桃小嘴」來形容他也絕不過份。

郭大路第一眼看到他的時候，他的嘴閉得很緊，嘴唇的顏色發青，要用很大的力氣才能扳得開他的牙齒灌下酒去。

他已被凍得半死，餓得只剩下一口氣。

郭大路實在想不到世上還有比他更冷更餓的人，苦笑道：「這人你是從哪裡帶來的？」

燕七道：「路上。」

郭大路嘆了口氣，道：「第一次你從路上帶了條貓回來，第二次帶回條狗，現在居然撿到個人了。照這樣子下去，你下次豈非要從路上帶個大猩猩回來？」

王動笑道：「最好是母猩猩，剛好可以跟你配成一對。」

郭大路也不生氣，笑嘻嘻道：「若是母猴子就糟了，我豈非還得叫她一聲王大嫂？」

他身材很高大，比王動至少要高一個頭，這一向是他最自傲的事。若有人用這件事來笑他，他非但不生氣，而且還很得意。

他總認爲這樣才像個男子漢大丈夫的樣子。

燕七已找了個破碗，舀了半碗酒，用力扳開林太平的嘴灌了下去。

喝到第二碗的時候，他蒼白的臉上才漸漸有了些血色，但眼睛還是閉著的，將嘴裡剩下的半口酒慢慢的嚥下去，才說了句話：「這是三十年陳的竹葉青。」

這就是林太平說的第一句話。

王動笑了，郭大路也笑了，就憑這句話，他們就已將林太平當成朋友。

郭大路笑道：「想不到這位朋友倒是個喝酒的大行家。」

林太平慢慢的張開眼睛，瞧見燕七手裡的破碗，立刻皺起了眉頭，失聲道：「你們就用這種碗來喝酒？」

他說話的口氣就好像看到有人用鼻子吃飯、用腳拿筷子一樣。

郭大路道：「不用這種碗喝用什麼喝？」

林太平道：「喝竹葉青就該用翡翠碧玉盞，用這種碗喝，簡直糟蹋了好酒。」

郭大路笑道：「我看你還是將就點吧，只要閉起眼睛，破碗和碧玉盞也沒什麼兩樣。」

林太平想了想，道：「這話倒也不錯，但我還是寧可用罈子喝。」

酒罈就在他面前，他居然真的捧了起來，仰起頭往嘴裡灌。

郭大路在旁邊乾看著，看的眼睛都發了直。

直等半罈酒下了肚，林太平才抹了抹嘴，道：「好酒，下酒的菜呢？」

郭大路道：「下酒菜？」

林太平道：「你們喝酒難道不用下酒菜的麼？」

郭大路笑道：「這你就不懂了，真正喝酒的人，喝酒都不用菜的。」

林太平又想了想，道：「這話也有道理。」

他又仰起頭，居然將剩下的半罈酒又喝了下去。

一罈酒若已埋藏了十幾年，酒已濃縮，剩下的本就只不過有半罈子而已，但酒力卻比普通的兩罈子還大。

林太平居然還是面不改色，道：「這樣的酒還有沒有？」

郭大路只有苦笑，道：「抱歉得很，這罈酒非但是我們三個人今天的全部糧食，也是我們的全部財產。」

林太平怔了怔，道：「你們平常光喝酒，從來不吃飯的？」

郭大路道：「很少吃。」

林太平嘆了口氣，道：「看來你們真是酒鬼，要知道光喝酒最傷胃，偶爾也該吃點飯的。」

他伸了個懶腰，四下瞧了一眼，道：「你們平時就睡在這張床上？」

王動道：「嗯。」

林太平皺眉道：「這床也能睡人麼？」

王動道：「至少總比睡在路上好。」

林太平又想了半天，笑道：「這話也有理，你們說的話好像都蠻有理，看來我倒可以跟你們交個朋友。」

王動道：「多謝多謝，不敢當，不敢當。」

林太平道：「但現在我卻要睡了，我睡覺的時候，不喜歡有人來吵我，你們最好出去逛逛。」

他打了個哈欠，躺到床上，翻了個身，居然立刻就睡著了。

郭大路瞧著王動，苦笑道：「看來他不但酒量比你好，睡覺的本事也不比你差。」

燕七瞧著那空罈子，發了半天怔，喃喃道：「我帶回來的究竟是個人?還是匹馬？」

郭大路嘆道：「馬也喝不了這麼多酒。」

燕七道：「你爲什麼不要他少喝些？」

郭大路道：「我就算窮，至少總不是個小氣鬼。」

王動忽然道：「我倒覺得這人很有趣。」

燕七道：「有趣？」

王動道：「他這條命是你救回來的，又喝光了我們三個人今天的糧食，佔據了這屋子裡唯一的一張床。可是他非但沒有說一句感激的話，而且還挑三挑四，還覺得跟我們交朋友，是很給我們面子。」

他笑了笑，接著道：「這樣的人，你說到哪裡才能找到第二個？」

所以林太平也留下來了。

所以在江湖中你若說起「富貴山莊」，那意思並不僅是說一棟靠近墳場、煙囪裡永遠沒有煙，有時甚至連燈火都沒有的空房子。

你只要說起富貴山莊，江湖中人就明白你說的是一個很奇妙的團體——一棟空房子和四個人，他們之間所產生的那種親切、快樂和博愛的故事，還有他們四個人那種偉大而奇妙的友情。

## 三

這些朋友之間彷彿有種很奇怪的默契，那就是他們從不問別人的往事，也從不將自己的往事對別人說起。

可是在燕七將林太平帶回來的那天晚上，郭大路卻破壞了這規矩。

那天晚上，雪已開始溶化。

林太平還在呼呼大睡，王動當然也不甘示弱，郭大路只有拉著燕七到山下去「打獵」。打獵的意思就是去找找看有沒有賺錢的機會。

沒有。

雪溶的時候，比下雪的時候更冷，吃飽了就上床，正是對付寒冷最聰明的法子，街道上幾乎連個人影都看不見。

郭大路和燕七就像是兩個孤魂野鬼，高一腳低一腳走在泥濘裡，郭大路一直在瞧著燕七的靴子。

到後來他終於忍不住問道：「你這雙靴子又裝上底了？」

燕七道：「嗯。」

郭大路道：「我從來沒有問過你以前那雙鞋底怎會值上千兩銀子的，是不是？」

燕七道：「是。」

郭大路道：「我也沒有問過你怎麼會死過七次的，是不是？」

燕七道：「你的確沒有問過。」

郭大路眼睛裡滿懷希望，道：「我若問呢？你肯不肯說？」

燕七道：「也許肯……但我知道你絕不會問的，因爲我也從來沒有問過你什麼。」

郭大路板起臉，用力咬著牙齒。

燕七忽又道：「你看林太平是個怎麼樣的人？」

郭大路板著臉道：「我不知道，也不想問。」

燕七笑了，道：「我們當然不會問他，但自己猜猜總沒關係吧。」

燕七又道：「他也許是爲了件事，所以從家裡溜了出來。他穿的衣服很單薄，表示他一定是從很暖和的地方出來的。他身上什麼東西都沒有帶，那表示他出來的時候一定很匆忙，說不定是逃出來的。」

郭大路道：「想不到你倒很細心。」

燕七笑了笑，道：「一個人在這麼冷的天氣裡挨凍受餓，一定支持不了多久。」

郭大路嘆了口氣，道：「最多，也不過能支持三兩天。」

燕七道：「你若只能支持三天，他最多就只能支持一天半。」

郭大路笑道：「不錯，我已經習慣了，他卻是個養尊處優的大少爺。」

燕七道：「在這種天氣，一天半之內，無論誰也走不了多遠路。」

郭大路道：「你的意思是不是說，他的家就在附近不遠？」

燕七道：「嗯。」

郭大路道：「附近有什麼豪富人家呢？」

燕七道：「沒有幾家，武林世家更少。」

郭大路道：「爲什麼一定要武林世家？難道他那麼文質彬彬的人也會武？」

燕七道：「非但會武，而且武功還不弱。」

郭大路道：「你怎麼看出來的？」

燕七道：「我就是看出來了。」

他不等郭大路再問，接著又道：「據我所知，附近的武林世家只有兩個。」

郭大路道：「有哪家是姓林的？」

燕七道：「兩家都不姓林，林太平本就不一定姓林，他既然是逃出來的，怎麼會告訴別人他的真名實姓？」

郭大路道：「你知道的是哪兩家？」

燕七道：「一家姓熊，莊主叫『桃李滿天下』熊櫥人，是家大武場的主人，雖然桃李滿天下，自己卻是個獨身漢，非但沒有兒女，也沒有老婆。」

郭大路道：「還有一家呢？」

燕七道：「還有一家姓梅，雖然有一兒一女，但兒子『石人』梅汝甲在江湖中成名已久，年紀一定比林太平大得多。」

郭大路道：「他為什麼要起個名字叫石人？」

燕七道：「據說這一家的武功很奇特，所用的兵刃和暗器都是石頭做的，所以他父親叫『石神』，他就叫『石人』。」

郭大路笑道：「那麼他以後生的兒子叫什麼呢？會不會叫石狗？」

這是座很寧靜的山城，街道都很窄小，而且有點陡斜。

兩旁房屋的構造也很平凡。現在雖然還沒有起更，但大多數人家的燈火都已熄了，做生意買賣的也大多都上起了門，就算有的窗戶裡還有燈光透出，燈光也很黯淡。很少有人會在一間屋子裡燃兩盞燈，用蠟燭的更少，因爲燈油總比蠟燭便宜。

郭大路嘆了口氣，道：「這實在是個窮地方，人在這裡耽得久了，不但會愈來愈窮，而且會愈來愈懶。」

燕七道：「你錯了，我就很喜歡這地方。」

郭大路道：「哦？」

燕七道：「我無論在什麼地方，都會覺得很緊張，也只有在這裡，才會覺得是自由自在，無拘無束的。」

郭大路道：「因爲這地方的人都窮得連自己都照顧不了，所以絕沒有工夫去管別人的閒事。」

燕七道：「你又錯了，這地方一點都不窮。」

郭大路笑道：「比起我們來當然都不窮，可是……」

燕七打斷了他的話，道：「你看著這地方的人窮，只不過是因爲他們都不願炫耀而已。譬如說，王動認得的那當舖老闆，他非但不窮，而且還必定是個很有來頭的人。」

郭大路道：「有什麼來頭？」

燕七道：「以我看，這人以前縱然不是個江洋大盜，也必定是個很有名的武林人物。也不知是因爲避仇避禍，還是因爲厭倦了江湖，所以才躲到這裡來。」

他接著又道：「像他這樣的人，在這裡還有不少。將來我若要退休的時候，一定也會住到這裡來的。」

郭大路道：「照你這麼樣說，這裡豈非是個臥虎藏龍的地方？」

燕七道：「一點也不錯。」

郭大路道：「我怎麼看不出？」

燕七笑了笑，道：「一個人若是死過七次，看得就自然比別人多些。」

郭大路道：「但你還是沒看出林太平的來歷，他既然不會是梅家的兒子，也不會是熊家的後代，你說了半天，還不是等於白說。」

燕七沉默了很久，忽然道：「你聽說過『陸上龍王』這名字沒有？」

郭大路笑道：「這名字只有聾子才沒有聽說過，我就算孤陋寡聞，至少總不是聾子。」

燕七道：「聽說陸上龍王也有座別墅在附近。」

郭大路道：「你難道懷疑林太平是他的兒子？」

燕七道：「有可能。」

郭大路道：「沒有可能，絕沒有可能。」

燕七道：「爲什麼？」

郭大路道：「江湖中，人人都知道陸上龍王是個昂藏七尺的男子漢，怎麼會生出個像小姑娘似的兒子來？」

燕七冷冷道：「一個人是不是男子漢，並不是從他外表來決定的。」

郭大路瞧了他一眼，笑道：「當然不是，不過……」

他忽然閉上了嘴，整個人都像是呆住了。

街上本已沒有行人，這時卻有個人嬝嬝婷婷的走了過來。

郭大路一看到這人，眼睛就發了直。

能令郭大路眼睛發直的，當然是個女孩子，漂亮的女孩子。

這女孩子非但漂亮，而且漂亮極了。

她身上穿的雖然是件粗布衣服，但無論什麼衣服穿在她身上，都會變得很好看，郭大路幾乎從來也沒見過身材這麼好的女人。

她手裡提著兩個大籃子，無論誰手裡提著兩個這麼大的籃子，走起路來都一定會像是隻螃蟹。

但她走路的風姿卻還是那麼美，足以令人看得眼睛發直；她手裡若沒有提籃子，郭大路說不定會看得連眼珠子都掉下來。

這女孩子本來並沒有注意到他們，忽然瞟見郭大路失魂落魄的樣子，忍不住抿了抿嘴，嫣然一笑。

郭大路的一顆心立刻就像鼓槌般「噗通噗通」的跳了起來，直等這女孩子已轉過街角，他還是癡癡的站在那裡。

又過了很久，他才長長嘆了口氣，道：「看來這地方果然是臥虎藏龍……」

燕七笑道：「恐怕不是藏龍，是藏鳳吧。」

郭大路道：「對對對，對極了。古人說，十步之內，必有芳草，這句話果然一點不差。」

他忽然挺起胸，道：「你看我長得怎麼樣？」

燕七上上下下的，看了他幾眼，答道：「還不錯，高高的個子，大大的眼珠，笑起來也蠻有人緣的。」

郭大路道：「你若是女孩子，會不會看上我？」

燕七抿嘴一笑，道：「也許……」

郭大路忽然見他笑得不但很嫵媚，而且也很像女孩子，也忍不住笑道：「但你若是女孩子，世上只怕沒有一個男人能受得了。」

燕七板起了臉，道：「能受得了你的女人只怕也沒幾個。」

郭大路道：「爲什麼？你剛才不是還說我長得蠻好看的麼？」

燕七道：「可是你又髒、又懶，又靠不住，女人喜歡的絕不會是這種男人。」

郭大路笑道：「那只因爲你不是女人，其實女人就喜歡這樣子，這樣子才是男兒本色。」

燕七看來好像要吐了，苦著臉道：「你認為剛才那女孩子看上了你？」

郭大路道：「當然，否則她為什麼對我笑？」

燕七忍住笑，道：「女孩子的笑有很多種，她們看見一個人呆頭呆腦的樣子就會笑，看到癩蛤蟆、豬八戒時也會笑的。」

郭大路火大了，幾乎要叫了起來，道：「你難道認為我……」

他忽又閉上了嘴，因為剛才那女孩子這時又從街角轉了出來。

她手裡提著的籃子本是空的，現在卻裝滿了東西，所以她顯得很吃力；地上又滿是泥濘，她腳下突然一滑，整個人向前撲倒，手裡的籃子也飛了出去。

幸好她遇見了郭大路和燕七。

燕七的反應一向很快，郭大路的反應也不慢，她腳下剛一滑，他們的人已像箭一般竄了出去。

籃子還沒有掉在地上，燕七已伸手接著；這女孩子還沒有跌倒，郭大路已伸手將她扶住。

她喘了半天氣，才定過神來，忽然發現一個陌生男人的手還扶著自己，臉上立刻飛紅。

郭大路的心也在跳，囁嚅著道：「姑娘沒事麼？」

少女紅著臉，垂下頭，道：「我……真不知道該怎麼樣謝你們。」

燕七已發現籃子裡裝的全是吃的東西，有燻雞、有牛肉，還有一張張烙得兩面發黃的油餅。

他真想說：「你要謝我們容易極了，只要一隻雞、兩張餅。」

但看到郭大路對人家那種深情款款的樣子，他怎麼能丟自己朋友的人？

何況，郭大路早已搶著道：「這是小事，沒關係，沒關係。」

少女忽然抬頭瞧了他一眼，又一笑，道：「你們真是好人。」

她說的雖是「你們」，但眼睛卻只盯著郭大路一個人。

郭大路心也酥了，人也酥了，吃吃的道：「姑娘你……你……你用……用不著客……客氣。」

少女已接過籃子，忽又回頭嫣然一笑，才低下頭往前走。

若說郭大路的魂還在，這一笑可真把他的魂也笑飛了。

他的人雖然像釘子般釘在那裡，但他的魂卻似已被人裝在籃子裡帶走。

燕七道：「有這麼好的機會，你爲什麼還不快追過去？」

郭大路嘆道：「你難道認爲我真是個色鬼？」

燕七淡淡道：「就算不是，也差不多了。」

那少女本已走出很遠，此刻忽又停下了腳步，回頭笑道：「我買了很多菜，兩位肯不肯賞光跟我回去喝一杯？」

這種要求從一個美女嘴裡說出來，聽在兩個又冷又餓的人耳朵裡，只怕比世上最好聽的音樂都要好聽十倍。

若有人拒絕這種要求，不是呆子才怪。

燕七不是呆子，郭大路更不是。

他嘴裡雖然還在說：「這怎麼好意思呢？」但他的一雙腳卻早已邁開大步，跟了過去。

唉，爲什麼英雄總是難過美人關呢？

爲什麼郭大路也不問問這女孩子要將他們帶到哪裡去？

看來就算她要將他們帶去賣了，郭大路也會跟著去的。

# 四　元寶・女人・狗

## 一

有人說：女人是禍水。

有人說：沒有女人，冷冷清清；有了女人，雞犬不寧。

這些話自然是男人說的。但無論男人們怎麼說，女人總是這世界上所不能缺少的。一萬個男人中，至少有九千九百九十個寧願少活十年也不能沒有女人。

有人說：錢可通神。

有人說：金錢萬惡。

但無論怎麼說，錢也是任何人都不能缺少的。一個人若是沒有錢，就好像一口空麻袋，永遠都沒法子站得直。

這兩樣東西不但可以令最聰明的人變成呆子，也可以令最要好的朋友變成冤家。

四個光棍的男人中若是忽然多了個女人，那情況簡直就像一隻筷子忽然伸到裝著四個生雞蛋的碗裡去，想不攪得一塌糊塗都不行。

王動、郭大路、燕七、林太平，這四個人過的本來的確是自由自在、無拘無束的日子，因爲他們既沒有錢，也沒有女人。

他們每天早上起來的時候都覺得很快樂，因爲那倒楣的「昨天」總算已過去，今天又充滿了希望。

可是，忽然間，這兩樣東西都來了，你說要命不要命？

## 二

王動也許已醒了很久，卻還是躺在地上，一動也不動。

他先把一床破棉被捲成圓筒，然後再一點一點伸進去，把整個人都伸進這個筒裡，四面都密不透風。

老鼠就在他身旁跑來跑去，本來還有點顧忌，不敢在他身上爬；可是後來漸漸就將他看成個死人，幾乎都爬上了他的頭。

王動還是不動。

林太平已注意他很久，到後來實在忍不住了，悄悄走過去，伸出手，伸到他鼻子前面，想試探他是不是還有呼吸。

王動突然道：「我還沒有死。」

林太平嚇了一跳，趕緊縮回手，道：「老鼠在你身上爬，你也不管？」

王動道：「我從來不跟老鼠打交道，也不跟牠們一般見識——只有貓才會跟老鼠鬥氣。」

林太平怔了怔，道：「這裡的確應該養隻貓。」

王動道：「這裡本來有隻貓，是燕七帶回來的。」

林太平道：「貓呢？」

王動道：「跟山下的公貓私奔了。」

林太平瞪大了眼睛，看著他，看了很久。

雪已住，星月昇起。

月光從窗外照進來，照在他臉上。他臉上輪廓極分明，額角寬闊，鼻子高而挺，縱然不是個很英俊的男人，至少很有性格。

「這人看來既不像瘋子，也不像白癡，為什麼偏偏有點瘋病？」

林太平嘆了口氣，四下瞧了一眼，道：「你那兩個朋友呢？」

他實在想找個不是瘋子的人說話。

王動道：「下山打獵去了。」

林太平道：「打獵？這種天氣去打獵？」

王動道：「嗯。」

林太平說不出話來了，他忽然發現了一條定理：

瘋子的朋友一定也是個瘋子。

過了半晌，黑暗中忽然傳出「咕嚕」一聲，接著又是「咕嚕」一聲。

王動喃喃道：「奇怪！今天怎麼連老鼠的叫聲都和平時不一樣？」

林太平臉紅了，吶吶道：「不是老鼠，是……是……」

王動道：「是什麼？」

林太平忍不住大聲道：「是我的肚子在叫，你們難道從來不吃飯的麼？」

王動笑了，道：「有飯吃的時候當然要吃的，沒飯吃的時候也只好聽著肚子叫。」

林太平又怔住了，他實在不懂，一個人連飯都沒得吃，怎麼還能這麼開心？

王動忽又道：「今天你運氣總算不錯。」

林太平苦笑道：「我？運氣不錯？」

王動道：「今天我有種預感，他們打獵的收穫一定不錯，帶回的東西說不定會讓你大吃……」

他本來想說「大吃一頓」，但這句話沒說完，他自己卻「大吃了一驚」。

郭大路已經回來了，走進了門，而且果然帶了樣東西回來，是個會跑會跳會爬樹，還會「吱吱」亂叫的東西。

是個猴子。

假如說王動也有臉色發白的時候，那麼就是現在。

看到王動的表情，郭大路幾乎笑斷了腸子，喘著氣笑道：「你用不著害怕，這是個公猴子，不是母的。」

一個嬌滴滴的聲音在他身後響起，道：「你的朋友怕母猴子？」

郭大路笑得更厲害，道：「的確有點怕，不怕老婆的人這世上又有幾個呢？」

王動板著臉，道：「好笑好笑，好笑極了，世上怎麼會有這麼風趣的人，倒真是怪事。」

林太平既不知道什麼事如此好笑，也不想知道。

他只覺眼前一亮，黑黝黝的屋子裡好像忽然燃起了幾千幾百盞燈。

所有的光亮都是從一個人身上發出來的。這人穿著件粗布衣服，手裡提著兩個籃子，已經跟著郭大路走了進來。

跟在她後面的還有三個人：一個大人，兩個孩子。孩子們都穿得很整齊，大人的身上卻只圍著張豹皮。

這些人已經夠瞧老半天了，卻還不是全部。除了他們之外，還有兩條狗、一大綑刀槍、三四面鑼、五六根竹竿。

王動喃喃道：「我知道他一直想和燕七比比看誰的本事大，誰帶回來的東西多，可是至少也該給他留點面子，用不著讓他輸得這麼慘呀。」

燕七倚著門，笑道：「雖然輸得很慘，卻輸得口服心服，我出去二十次，帶回來的東西也沒有他一次多。」

郭大路笑道：「我這些朋友們的嘴巴雖然壞，人倒並不太壞。來，我先替你們引見引見，這位姑娘是……」

那少女笑道：「還是讓我自己說吧。我叫酸梅湯，這是我的堂哥『飛豹子』，還有我兩個小表弟，一個叫『小玲瓏』，一個叫『小金剛』。」

「飛豹子」是誰？其實根本用不著介紹，別人一看就明白。

但那兩個孩子卻幾乎長得一模一樣，兩人都是大大的眼珠，都梳著朝天辮子，笑起來都有個酒窩。

而且他們的酒窩並不是一個在左，一個在右。

兩個人的酒窩都在右邊。

王動忍不住問道：「誰是小玲瓏？誰是小金剛？」

兩個孩子一齊道：「你猜猜看。」

王動眨了眨眼，道：「小金剛旁邊的是小玲瓏，小玲瓏旁邊的是小金剛，對不對？」

兩個孩子，一齊笑了，其中一個忽然跑過來，湊到王動耳旁，悄悄說了兩句話，又笑道：「這是我們的秘密，你可不能告訴別人。」

這孩子的笑聲如銀鈴，原來是個女孩子。

郭大路拉起了另一個孩子的手，道：「小玲瓏是你姐姐，對不對？」

這男孩子搖頭道：「不對，她是我妹妹。」

話還未說完，小玲瓏已叫了起來，道：「笨蛋！我早就知道男孩子都是笨蛋，被人一騙就騙出來了。」

小金剛漲紅了臉，抗聲道：「你不笨，你聰明，你爲什麼要打扮得和男孩子一樣？」

這孩子的話倒真是一針見血——女人都瞧不起男人，認爲男人是笨蛋，但又偏偏希望自己是個男人，這就是女人最大的毛病。

林太平一直眼睜睜瞧著酸梅湯，此刻忽然道：「這些當然不是你們的真名字。」

酸梅湯嘆了口氣，幽幽道：「像我們這些走江湖賣藝的，連祖宗的人都丟光了，哪裡還有什麼真名字？」

林太平也嘆了口氣，道：「走江湖賣藝又有什麼不好？有些人想去走江湖還不行哩。」

酸梅湯又瞧了他一眼，道：「看來你好像有很多心事……」

郭大路忽然打斷了她的話，道：「這人本來就像個女孩子。」

林太平瞪了他一眼，臉色已有點變了。

酸梅湯搶著笑道：「難道只有女孩子才能有心事？這麼樣說來，男人豈非真的全都變成沒心沒肺的傻蛋了嗎？」

林太平瞧著她，目光充滿了感激。

郭大路聳了聳肩，道：「就算男人全都沒心沒肺，至少都有肚子。」

酸梅湯吃吃笑道：「你不說我倒差點忘了……」

她放下籃子，掀起蓋在上面的紙，自己先撕下條雞腿，又笑道：「其實女人的肚子也並不比男人小多少，只不過有時不好意思吃得太多而已。」

小金剛道：「可是你爲什麼從來也沒有覺得不好意思呢？」

酸梅湯用雞腿去敲他的頭，小金剛搶了半隻雞就跑，猴子在地上不停的跳，兩條狗「汪汪」的叫。

王動搖著頭，喃喃道：「這地方已有十幾年沒這麼熱鬧過了。」

郭大路道：「你放心，這裡還有好幾天熱鬧的。」

王動道：「幾天？」

郭大路望著酸梅湯窈窕的背影，道：「很多天……我聽說他們要找屋子住下來，所以已經把後面那一排五間屋子租給他們了。」

王動幾乎把剛喝下去的一口酒嗆了出來，道：「租金多少？」

郭大路瞪起了眼，道：「你以爲我是什麼人？小氣鬼麼？會問人家要租金？若不是我，這樣的客人你連請都請不到。」

王動看著他，看了很久，才長長嘆了口氣，苦笑道：「有件事我已愈來愈不懂了。」

郭大路道：「什麼事？」

王動道：「這房子究竟是你的？還是我的？」

若說世上還有什麼事能令一個又髒又懶的男人變得勤快起來，那就是女人。

第二天一早，王動還躺在「筒」裡，郭大路已經去提水了，林太平卻在屋子裡找來找去。

洗？」

王動忍不住道：「你找什麼？」

林太平道：「洗臉盆、洗臉布，還有漱口杯子。」

王動笑了，道：「這些東西我非但已有很久沒有看到過，有的連聽都沒有聽過。」

林太平就好像忽然被人抽了一鞭子，張大了嘴，吃吃道：「你……你們難道連臉都不洗？」

王動道：「當然洗，只不過是三日一小洗，五日一大洗。」

林太平道：「小洗是怎麼洗？大洗是怎麼洗？」

王動道：「燕七，你洗給他看看。」

燕七伸了個懶腰，道：「我昨天剛洗過，今天該輪到你了。」

王動嘆了口氣，道：「那麼你至少總該把洗臉的傢伙拿過來吧。」

郭大路剛好提了兩桶水進來，燕七就用那個破碗舀了大半碗水，又從牆上拿下塊又黃又黑、本來也不知是什麼顏色的布。

王動這才勉強坐起來，先喝了口水，含在嘴裡，用手攤開毛巾，用力漱了漱口，然後就將一口水「噗」的噴在手裡的布上，隨便在臉上一抹，鬆了口氣道：「好，洗完了。」

林太平就好像看到鬼似的，嚇得臉色發青，道：「這……這就算是小洗？」

王動道：「不是小洗，是大洗。小洗若這麼麻煩那還得了？」

林太平連嘴唇都有點發青，看樣子好像立刻就要暈過去，過了很久很久，才長長吐出口氣，道：「若有誰還能找到比你們更髒的人，我情願跟他磕頭。」

王動笑道：「你現在就磕吧，比我們髒的人滿街都是。」

林太平拚命搖頭，道：「我不信。」

王動淡淡道：「我們的人雖髒，心卻不髒，非但不髒，而且乾淨的很。一個人的心若是髒的，他就算每天用肥皂煮十次，也不算乾淨。」

林太平歪著頭，想了半天，忽然一拍巴掌，道：「有道理，很有道理。一個人若是活得快快樂樂，問心無愧，吃不吃飯都沒關係，洗不洗臉也沒關係。」

他仰面大笑了三聲，跑到院子裡，在地下打了個滾，大笑道：「我想通了，我想通了……我以前爲什麼一直想不通呢？」

王動和燕七含笑瞧著他，像是也都在替他高興，因爲他們也都已看出他本來的確有件很重的心事。

他本來一直不知道自己做得對不對？現在才知道並沒有做錯。

一個人活著，就要活得問心無愧，這才是最重要的。

但郭大路卻在洗臉，嘴裡還喃喃道：「不洗臉沒關係，洗臉也沒關係，是不是？」

他洗完了臉，又用布擦身上的衣服，擦靴子。

燕七冷冷的瞧著他，道：「你爲什麼不索性脫下鞋子洗洗腳？」

郭大路笑道：「我正有這意思，只可惜時間來不及了。」

他忽然衝出門，道：「他們一定也醒了，我到後面瞧瞧去。」

林太平道：「我也去。」

兩人同時衝了出去，就好像趕著去救火似的。

王動瞟了燕七一眼，笑道：「窈窕淑女，君子好逑，你為什麼不去？」

燕七沉著臉，淡淡道：「我不是君子。」

王動道：「你好像一點也不喜歡那酸梅湯姑娘。」

燕七沉默了半晌，忽然問道：「你看他們究竟是幹什麼的？」

王動眼珠子一轉，問道：「他們不是走江湖賣藝的麼？」

燕七道：「你若真的也拿他們當做走江湖賣藝的，你就也是個呆子。」

王動道：「為什麼？」

燕七道：「你難道看不出那隻猴子和那條狗一點也不聽他們的話，顯然是臨時找來裝佯的。還有那飛豹子，故意奇裝異服，其實卻是個很規矩的人，連話都不敢多說，一雙手更是又白又細，哪裡像是個整天提箱子牽狗的？」

王動靜靜的聽著，終於點了點頭，道：「想不到你居然這麼細心。但他們若不是走江湖賣藝的，是幹什麼的呢？」

燕七道：「誰知道，也許是強盜都說不定。」

王動笑道：「他們若真的是強盜就不會來了，這地方又有什麼東西好讓他們打主意的？」

燕七還沒有說話，就聽到後面傳來一聲驚呼。

是郭大路的聲音。

像郭大路這種人，就算看到鬼也不會吃驚得叫起來的。

世上只怕很少有事能令他叫起來。

燕七第一個衝了出去。

王動也動了。

後面的院子比前面小些，院子種滿了竹。以前每當風清月白的夏夜，主人就會躺到這裡，聽那海浪般的竹濤聲。

所以這裡也和其他許多種了竹子的院子一樣，叫做「聽竹小院」，那一排五間屋子，就叫做「聽竹軒」。

可是等到王動做主人的時候，就替它改了個名字，叫「有竹無肉軒」，因爲他覺得「聽竹」這名字本來雖很雅，現在卻已變得很俗。

他認爲第一個用「聽竹」做軒名的人雖然是個很風雅的聰明人，但第八十個用「聽竹」做軒名的人就是俗不可耐的笨蛋了。

現在這院子裡非但「無肉」，連竹子都幾乎被砍光了。

竹子可以做曬衣服的竹竿，也可以用來搭涼棚，所以王動常常拿竹子去換肉。一個人肚子很餓的時候，就常常會忘記風雅是怎麼回事。

酸梅湯、飛豹子他們昨天晚上就住在這裡，但現在連人帶狗帶猴子，已全都走得乾乾淨淨，只剩下郭大路和林太平站在那裡發怔。

他們腳旁還擺著幾口箱子，嶄新的箱子。

王動道：「你的客人已不告而別了麼？」

郭大路點了點頭。

燕七冷冷道：「走了就走了，這也用不著大呼小叫，大驚小怪的。」

郭大路也不說話，卻將手裡的一張紙條遞了過來。

紙條上用木炭寫了幾個字：「五口箱子，聊充房租，敬請收下，後會有期。」

燕七道：「住房子本來就要付房租，這也沒什麼好稀奇的。」

郭大路嘆了口氣，道：「稀奇雖不稀奇，只不過付得太多了些。」

王動道：「箱子裡是什麼？」

郭大路道：「也沒什麼別的，只不過幾箱銅臭物而已。」

若說錢有銅臭氣，那麼這五箱東西就足足可以將三萬八千個人全部臭死。

其中四口箱子裡什麼別的都沒有，就只有元寶。大大小小，各式各樣的元寶，最小的也有十兩重，就算臭不死人，也壓得死。

還有一口箱子裡全是珠寶，各式各樣的珠寶，有珍珠、有翡翠、有瑪瑙，還有七七八八一些連名字都叫不出的寶石。

其中無論哪口箱子，都可以把富貴山莊全買下來。

王動和燕七也怔住了。

過了很久，燕七才吐出口氣道：「昨天晚上他們來的時候，並沒有帶這五口箱子來。」

郭大路道：「沒有。」

林太平道：「那麼箱子是哪裡來的呢？」

燕七冷笑道：「不是搶來的，就是偷來的。」

郭大路道：「這些元寶後面的戳記都不同。」

燕七道：「當然不同，誰家裡都不會放著這麼多元寶，他們一定是從很多不同的人家偷來的。」

王動嘆道：「能在一天晚上偷這麼多人家，本事倒真不小。」

燕七道：「這也不稀奇，高明的賊本就能日走千家，夜盜百戶。」

郭大路道：「他們辛辛苦苦偷來的東西，卻送給了我們，這樣的賊倒也天下少有。」

燕七道：「也許他們是想栽贓。」

郭大路道：「栽贓？爲什麼要栽贓？我們跟她又沒有仇。」

燕七悠悠道：「你難道以爲她真看上了你，特地送這五口箱子來作嫁妝？」

林太平道：「這些全不去管他，問題是我們現在拿這五口箱子怎麼辦呢？」

郭大路道：「怎麼辦？人家既然送來了，我們當然就收下。」

燕七嘆道：「這個人有個最大的本事，無論多複雜的事，被他一說，馬上就變得簡單起來了。」

郭大路道：「這事本來就簡單的很。」

王動道：「不簡單。」

郭大路道：「有什麼不簡單？」

王動道：「他們絕不會無緣無故送我們這麼多財寶，一定另有目的。」

燕七道：「何況，這些東西既然是偷來的，我們若收下來，豈非也變成了賊？」

王動道：「什麼事都能做，只有賊是萬萬做不得的。你只要做了一次賊，嚐著了甜頭，以後別的事就全都不想做了，一輩子就都得做賊。」

燕七道：「而且以後生出來的兒子也是賊，老賊生大賊，大賊生小賊。」

郭大路笑道：「你用不著臭我，我雖也做過一次賊，可是非但沒嚐甜頭，反把最後的一把劍也賠了出去。」

王動道：「做賊也有學問，本來就不是人人都會做的。」

林太平道：「我看我們最好將這些東西拿去還給別人。」

郭大路道：「還給誰？誰知道這些東西是從誰家偷來的？」

的。」

燕七道：「不知道可以打聽。」

郭大路道：「到哪裡去打聽？」

燕七道：「山下。這些東西既然全是他們在昨天晚上一夜中偷來的，想必就是在山下偷的。」

郭大路瞧著那整箱的元寶，嘆道：「你說得不錯，這地方的確不是個窮地方。……無論什麼地方有這麼多金子就不是窮地方了。」

他忽又笑了笑，道：「所以這富貴山莊至少在今天真的是名副其實的富貴山莊。」

富貴山莊名副其實的時候雖然並不長，但他們卻還是快樂的。

因爲他們作了個最聰明的選擇。

他們放棄了財富，卻留下了良心。

這也許就是富貴離他們最近的時候，但他們並不貪圖富貴，也不要以貪婪、卑鄙、欺詐的方法去攫取富貴，所以他們永遠快樂，就像沐浴在春日陽光中的花草一樣。

他們知道快樂遠比財富可愛得多。

## 三

麥老廣。

麥老廣是個小飯舖的名字，也是個人的名字。

「麥老廣」的燒臘香得據說可以將附近十里之內的人和狗全都引到門口來。麥老廣也就是這小飯舖的老闆、大師傅兼跑堂。

除了燒臘外，麥老廣只賣白飯和粥。若想喝酒，就得到隔壁幾家的「言茂源酒舖」去買，或者是買了燒臘到言茂源去喝。

有人勸麥老廣，爲什麼不帶著賣酒呢，豈非可以多賺點錢？

但麥老廣是個固執的人，「老廣」大多是很固執的人，所以要喝酒，還得自己去買，你若對這地方不滿意，也沒地方好去。

因爲麥老廣的燒臘不但最好，也是這附近唯一的一家。

山城裡的人連油燈都捨不得點，怎麼捨得花錢到外面吃飯。所以就算有人想搶老廣的生意，過幾天也就會自動關門大吉。

麥老廣對王動和郭大路他們一向沒有惡感，因爲他知道這些人雖然窮，卻從不賒賬。

他們每次來的時候，身上總有兩把銀子，而且每次都吃得很多。無論哪個飯舖老闆都不會對吃很多的客人有惡感的。

麥老廣的斜對面，就是王動他們的「娘舅家」。

娘舅家的意思就是當舖。

他們每次來的時候，差不多都會先到娘舅家去轉一轉，出來的時候一定比進去的時候神氣得多。

但今天卻很例外。

他們走過娘舅家的時候，居然連停都沒有停下來，而且胸挺得很高。看他們走路的樣子，就知道口袋絕不會是空的。

麥老廣又放心，又奇怪：「乜呢班契弟改行做賊？點解突然有咁多錢？」

契弟並不完全是罵人的意思，有時完全是爲了表示親熱。

這次來的有四個人，還沒進門，麥老廣就迎了上去，用他那半生不熟的廣東官話打招呼，道：「你今日點解這麼早？」

天不怕，地不怕，就怕廣東人說官話。

好在郭大路已聽慣了，就算聽不懂，也猜得出。笑道：「不是人來得早，是錢來得早，先給我們切兩隻燒鵝，五斤脆皮肉，再來個油雞。」

麥老廣眨眨眼，道：「唔飲酒？」

郭大路道：「當然要，你先去拿十斤來，等等一齊算給你。」

他說話的聲音也響，因爲他身上有錠足足十兩重的金子。

既然是爲了要打聽誰家被偷的消息，花他們十兩金子又何妨。肚子餓的時候連話都懶得說，怎麼能打聽消息？

所以他們的良心上連一點負擔都沒有。

酒漸漸在瓶子裡下降的時候，責任心就在他們心裡上升起來。

喝了人家的酒，就該替人家做事。

他們絕不是白吃的人。

於是郭大路就問道：「這兩天你可有聽到什麼消息沒有？」

沒有。

城裡最聳動的消息，就是開雜貨店的王大娘生了個雙胞胎。

大家開始奇怪了。

郭大路道：「也許他們不是在這裡偷的。」

燕七道：「一定是。」

郭大路道：「那麼這地方爲什麼沒有被偷的人？一夜間偷了這麼多人家，是大事，城裡早該鬧翻天了。」

燕七道：「不是沒有，而是不說，不敢說。」

郭大路道：「被偷又不是件丟人的事，爲什麼不敢說？」

燕七道：「一個人的錢財若是來路不正，被人偷了也只好啞巴吃黃蓮，苦在心裡。」

郭大路笑道：「這麼樣說來，可就不關我們的事，我們反正已盡了力，是不是？」

這時酒已差不多全到了他的肚子裡，已快將他的責任心完全擠了出來。他忽然覺得輕鬆的很，大聲道：「再去替我們拿十斤酒來。」

麥老廣還沒有走出門，門外忽然走進來三個人。

第一人很高，穿的衣服金光閃閃，好像很華麗；第二人更高，瘦得出奇。但這兩人長得究竟是什麼模樣，別人並沒有看清。

因爲所有人的目光都已被第三個人吸引。

這人全身都是黑的，黑衣、黑褲、黑靴子，手上戴著黑手套，頭上也戴著黑色的氈笠，緊緊壓在額上。

其實他就算不戴這頂氈笠也沒有人能看到他的臉，他連頭帶臉都用一個黑布的套子套了起來，只露出一雙刀一般的眼睛。

這是夜行人的打扮，只適合半夜三更去做見不得人的事時穿著，但他卻光明正大的穿到街上來。

他長得是什麼樣子？

究竟是個怎麼樣的人？

誰也看不見，誰也不知道，他全身上下根本沒有一寸可以讓人家看見的地方。

但也不知爲了什麼，每個人都覺得他全身上下每一寸地方都充滿了危險。

最危險的當然還是他背後揹著的那柄劍。

一柄四尺七寸長的烏鞘劍。

很少人用這種劍，因爲要將這麼長一柄劍，從劍鞘中拔出來就不是件容易事，那必須有很特別的手法，很特別的技巧。

能用這種劍的人，就絕不是容易對付的。他既然已很困難的將劍拔出來，就絕不會輕輕易易放回去。

劍回鞘的時候通常已染上了血。

別人的血！

這三個人走進來後，就佔據了最裡面角落的一張桌子，顯然不願意打擾別人，更不願意被別人打擾。

他們要的東西是：「隨便。」

那表示他們既不是爲了「吃」而到這裡來的，也不講究吃。

不講究吃的人若不是憂心忡忡，就一定是在想著別的事。無論他們想的是什麼，都一定不會是件令人愉快的事。

林太平一直在瞧著黑衣人的劍，喃喃道：「劍未出鞘，就已帶著殺氣。」

王動道：「不是劍的殺氣，是人的殺氣。」

林太平道：「你們知不知道這人是誰？」

郭大路嘆了口氣，道：「不知道，我只知道我就算已喝得酩酊大醉，也絕不會找這人打架。」

燕七忽然道：「另外兩個人我倒認得。」

郭大路道：「他們卻不認得你。」

燕七笑了笑，淡淡道：「我算什麼，像他們這麼有名氣的人怎會認得我？」

郭大路道：「他們很有名？」

燕七道：「坐在最外面那個又瘦又高的人，叫做夾棍，又叫做棍子。」

郭大路道：「棍子，倒也像，夾棍這名字就有點特別了。」

燕七道：「夾棍是種刑具，無論多刁多滑的賊，一上了夾棍，你要他說什麼他就說什麼，要他叫你祖宗他都不敢不叫。」

郭大路道：「他也有這種本事？」

燕七道：「據說無論誰遇著他都沒法子不說實話，就算是個死人，他也有本事問得出口供來。」

王動道：「這人的手段一定很辣。」

燕七道：「他還有個外號叫棍子，那意思就是『見人就打』。無論誰落到他的手裡，都免不了要先被他打得鼻青眼腫再說。黑道上的朋友一遇見他，簡直就好像遇見了要命鬼、活閻王。」

王動道：「他是幹什麼的？」

燕七道：「清河縣的捕頭。」

王動道：「清河縣並不是個大地方，豈非埋沒了人材？」

燕七道：「就因爲他的手段太辣，所以一直升不上去。但無論什麼地方有了辦不了的大案子，都免不了要到清河縣去借他。」

郭大路道：「那位金光閃閃的仁兄呢？」

燕七道：「他姓金，又喜歡金色，所以叫『金獅』，但別人在背地裡卻都叫他金毛獅子狗。」

郭大路笑道：「憑良心講，這人倒一點也不像獅子狗。」

燕七道：「你看過獅子狗沒有？」

郭大路道：「各種狗我都看過。」

燕七道：「獅子狗臉上什麼東西最大？」

林太平搶著道：「鼻子最大。」

燕七道：「什麼東西最小？」

林太平道：「嘴。」

他笑了笑，又解釋著道：「我小時候養過好幾條獅子狗。」

燕七道：「你們再看看那人的臉。」

從這邊看過去，剛好可以看到那「金毛獅子狗」的臉。

無論誰看他的臉，都無法不看到他的鼻子。

他的鼻子就已佔據了整個一張臉的三分之一。

無論誰的嘴都比鼻子寬，但他的鼻子卻比嘴寬；若是從他頭上望下去，一定看不到他的嘴，因爲嘴巴已被鼻子擋住。

郭大路幾乎笑出聲來，忍住笑道：「果然是個特大號的鼻子。」

王動道：「他眼睛一定不太靈。」

郭大路奇道：「你怎麼知道？」

王動道：「因爲他眼睛已被中間的鼻子隔開了，所以左邊的眼睛只能看到左邊的東西，右邊的眼睛只能看到右邊。」

他話未說完，連燕七都忍不住笑了起來。

郭大路道：「可是到現在我還沒有找到他的嘴。」

燕七忍住笑道：「他的鼻子下面的那個洞，就是嘴了。」

郭大路道：「那是嘴麼，我還以爲是鼻孔哩。」

林太平道：「鼻孔上怎麼會長鬍子？」

郭大路道：「我以爲那是鼻毛。」

王動道：「所以他吃東西的時候，別人往往不知道東西是從哪裡吃下去的。」

他們雖然在拚命忍住笑，但這時實在忍不住了。

郭大路笑得幾乎滑到桌子底下去。

那金毛獅子狗忽然回過頭，瞧了他們一眼。

只瞧了一眼，就又轉回頭。

這一眼就已足夠。

每個人都已感覺到他眼睛裡那種逼人的鋒芒，竟真的有點像是雄獅的眼睛，連眼珠子都是黃的。

他們說話的聲音本來就很低，現在更低了。

郭大路道：「這人又是幹什麼的？」

燕七道：「也是捕頭，兩年前還是京城的捕頭，最近聽說已升到北九省的總捕頭。」

郭大路道：「看他穿得就像是個花花公子，實在不像是位名捕。」

王動道：「你也不像窮光蛋。」

林太平道：「他的本事又在哪裡？」

燕七道：「在鼻子上。」

林太平道：「鼻子？」

燕七道：「他的鼻子雖大，卻不是大而無當。據說他的鼻子比狗還靈，一個人只要被他嗅過味道，無論怎麼改扮，都逃不了。」

林太平道：「這本事倒的確不小。」

燕七道：「這兩人可說全都是六扇門裡一等一的頂尖高手，若不是什麼大案子，絕驚動不了他們，所以……」

王動道：「所以你奇怪，他們爲什麼忽然到了這種地方來。」

燕七道：「我的確奇怪得很，若說他們是爲了昨天晚上的案子來的，他們的消息怎會這麼快？」

就在這時，街上忽然傳來了一聲女人的尖叫聲，就好像有人踩到了雞脖子似的。

然後，他們就看到一個披頭散髮的女人從對面一家房子裡衝出來，一個矮矮胖胖的男人拚命拉也拉不住。

到後來這女人索性賴到地上，嚎啕大哭，邊哭邊叫，道：「我連棺材本都被人偷去了，爲什麼不能說？……我偏要說。」

她愈說愈傷心，索性用頭去撞地，大哭道：「天呀，天殺的強盜呀，你好狠的心呀，你爲什麼不留點給我？……整整的三千兩金子，還有我的首飾，若有哪位好心的人替我找回來，我情願分給他一多半。」

那男人臉上紅一陣，白一陣，用出吃奶的力氣，總算把她死拖了回去，抽空還扭轉頭，勉強笑道：「我們哪有三千兩金子給人家偷？」

郭大路和燕七交換了眼色，正想問麥老廣：「這人是誰？」

但那夾棍卻比他們問得更快。

他聲音很沉，說話很慢，每個字說出來都好像很費力。那給人一種感覺，他說的每個字你最好都留神去聽著。

麥老廣道：「這夫妻兩人聽說是從開封來的，本來做的是棉布生意，積了千多兩銀子，準備到這裡節節省省的過下半輩子。他們家裡若真有三千兩金子被人偷了，那才真是怪事。」

他本不是個多嘴的人，但現在嘴上卻好像抹了油，而且連官話都突然說得比平時標準多了。

夾棍在聽著。

他說得慢，聽得更仔細，像是要把你說的每個字都先嚼爛，再吞到肚子裡去，而且一吞下去就永遠不會吐出來。

等麥老廣說完，他又問道：「他們姓什麼？」

麥老廣道：「男的姓高，女的娘家好像是姓羅。」

夾棍突然站了起來，大步走了出去。

那黑衣人從頭到尾都沒有說一個字，此刻忽然道：「午時到了沒有？」

麥老廣道：「剛過午時。」

黑衣人道：「拿來。」

金獅子遲疑著，道：「這地方不方便吧。」

黑衣人道：「方便。」

金獅子好像嘆息了一聲，從懷裡取出錠約莫有二十兩重的金子，放在桌上，輕輕的推了過去。

黑衣人收下金子，再也不說一個字。

金獅子長長吐出口氣，望著窗外的天色，喃喃道：「一天過得好快。」

可是在有些人看來，這一天就好像永遠也熬不過去似的。

# 五　劍和棍子

## 一

棍子並不是人人都喜歡的東西。

但棍子卻很有用。

棍子也比劍勢利，他一棍打下去的時候，往往會先看看打的是什麼。

劍若出鞘，就只找人致命的弱點。

尤其是這柄劍。

這柄劍拔出來的時候要有代價，插回去的時候也要有代價。

拔出來的代價是錢，插回去的代價是血。

## 二

一個多時辰已過去了，金獅子和黑衣人還坐在那裡，郭大路他們也還坐在那裡。

他們捨不得走，也不能走。

郭大路若是掏出那錠金子來付賬，豈非等於告訴別人自己就是賊。

夾棍終於回來了，郭大路這才看清他的臉。

他的臉就好像只有皮包著骨頭，既沒有表情，也沒有肉。

金獅子道：「怎麼樣？」

夾棍道：「那人不姓高，姓宋，本來是張家口『遼東牛羊號』的賬房，拐了老闆一筆賬，逃到這裡來，所以金子丟了也不敢張揚。」

金獅子冷笑道：「看來這倒正是他常用的手段，先抓住別人的把柄再下手。」

夾棍道：「而且做案的手法也一樣，做得又乾淨又漂亮，門窗不動，金子已丟了。」

金獅子道：「什麼時候丟的？」

夾棍道：「昨天晚上。」

金獅子道：「他只要一出手，至少就是十三件大案，這是他的老規矩。」

夾棍道：「除了那姓宋的外，我又查出了五家。」

金獅子道：「這五家人身上是不是也都揹著有案子的？」

夾棍道：「不錯。其中居然還有家是以前陸上龍王還未洗手時的小頭目，現在已娶了老婆，生了孩子。」

金獅子道：「他們遇見他，總算也倒了楣，就放他們一馬吧。」

夾棍沒有說話，只是看著自己的手冷笑。

金獅子笑了笑，道：「其實我也知道你絕不肯鬆一鬆手的，只要和陸上龍王沾著點邊的人，遇著你就倒楣了。可是你也得小心些，真要遇著陸上龍王和那條毒蛇，那時倒楣的可就是你了。」

夾棍還是在冷笑著，沒有說話。

金獅子道：「無論如何，看來我們得到的消息並沒有錯，這些年他的確一直窩在這裡。」

夾棍道：「告訴我這消息的人本來就不會靠不住，否則我怎會要你付一萬兩？」

金獅子道：「可是他既然已在這裡窩了七八年，爲什麼忽然又出了手呢？」

夾棍道：「這就叫手癢。」

他們說話完全不怕被別人聽見，郭大路當然每句話都不會錯過。

他也沒法子不承認這夾棍果然有兩下子。

但他們嘴裡說的「他」又是誰呢？

夾棍忽又冷笑道：「他既然昨天晚上還在這裡做了案，就一定還窩在這城裡。今天早上出城的人我都盤過，除了一夥賣藝的稍爲扎眼外，別的全是規矩人。」

金獅子道：「他會不會將賊贓叫那夥賣藝的人夾帶出城？」

夾棍道：「不會，看他們腳底帶起的塵土，身上帶的絕不會超過十兩銀子。」

金獅子嘴角忽然露出了一絲不懷好意的獰笑，道：「這麼樣說來，他一定還在城裡了。」

聽到這裡，郭大路真忍不住想問他們：「你怎麼知道他沒有從小路溜走？又怎麼知道他現在不會溜走？」

郭大路當然不能問。

幸好用不著他問，夾棍自己已說了出來。

「他要一出手至少就是上萬兩的金子，我已在四面都佈下暗卡，無論誰也休想帶著上萬兩的金子溜走。」

金獅子道：「他當然也絕不肯把吃下去的再吐出來。這人見錢如命，有名的連皮帶骨一口吞，吞下去就死也不吐出了。」

夾棍冷笑道：「這是他的老毛病，我早就知道這毛病總有一天會要他的命！」

金獅子道：「但這人實在太狡猾，易容術又精，還會縮骨，連身材高矮都能改變，我們還真未必能掏得出他的窩來。」

夾棍突然一拍桌子，道：「這次他若還能逃得了，我就改自己的姓。」

金獅子道：「你找到路沒有？」

夾棍道：「我拚著一個個的問，就算問上三個月，也要把他從窩裡掏出來。」

金獅子瞟了那黑衣人一眼，似乎又皺了皺眉，道：「這城裡每個人你難道都要問？」

夾棍道：「我也知道這是個笨法子，但笨法子往往卻很有效。」

金獅子又嘆了口氣道：「你準備從哪裡開始問？」

夾棍道：「就是這裡。」

他眼睛忽然瞪到郭大路身上。

若是換了別人，心裡本來就有鬼，再被他眼睛這麼一瞪，縱然不嚇得膽戰心驚，臉上也難免要變了顏色。

夾棍就是夾棍，無論誰遇著他都休想不說真話。

但郭大路還是笑嘻嘻的面不改色，一點也不在乎。

他本來就什麼都不在乎，何況現在肚子裡又裝滿了言茂源的陳年竹葉青。

夾棍臉上也連半點表情都沒有，眼睛一直盯著郭大路的眼睛，慢慢的站了起來，慢慢的走了過去。

他臉色變青，眼睛陰森森的，膽小的人在晚上見著他，非但實話要被他逼出來，也許連尿都被嚇出來。

「這人不該叫夾棍，應該叫殭屍才對。」

這句話幾乎已到了郭大路的嘴邊，差點就說出了口——你千萬莫要以為他不敢說，只要酒一到了他肚子裡，「不敢」這兩個字就早已離開他十萬八千里了。

王動他們倒也無所謂：「你只要交上郭大路這朋友，就得隨時準備為他打架。」

打架在他們說來，也早就是家常便飯了。

就連林太平也不例外。

夾棍的眼睛雖沒有瞪著他，他的眼睛卻在狠狠的瞪著夾棍。

看樣子無論是郭大路說錯一句話也好，是夾棍問錯一句話也好，這場架隨時都會打起來。

誰知金獅子忽然道：「這幾個人用不著問。」

夾棍道：「爲什麼？」

金獅子笑了笑，道：「他們肚子裡若有鬼，怎麼會談論我的鼻子？」

原來這人不但鼻子靈，耳朵也很尖。

郭大路忍不住笑道：「你全聽到了？」

金獅子道：「幹我們這行的，不但要眼觀四路，而且要耳聽八方。」

郭大路道：「你不生氣？」

金獅子笑道：「爲什麼要生氣？鼻子大就算很難看，卻一點也不丟人。」

郭大路對這人的印象立刻好起來了，道：「非但不丟人，也不難看。男人就要鼻子大，愈大愈好，懂事的女人就喜歡大鼻子的男人。」

金獅子大笑道：「你鼻子也不小。」

郭大路摸了摸自己的鼻子，笑道：「馬馬虎虎，還過得去。」

金獅子道：「你們就住在這城裡？」

郭大路道：「不在城裡，在山上。」

金獅子道：「山上也住著很多人？」

郭大路道：「活人就只有我們四個，死人卻倒有不少。」

金獅子道：「死人？」

郭大路道：「我們住的地方就在墳場旁邊，叫富貴山莊，有空不妨過來喝兩杯。」

金獅子道：「一定去拜訪。」

他忽然站了起來，道：「掌櫃的，算賬，這幾位的賬我們也一齊候了。」

郭大路跳了起來，道：「這是什麼話，我們是地主，你一定要讓我們盡一盡地主之誼。」

他不但喜歡交朋友，更喜歡請客。

朋友誰都沒有他交得快，賬也誰都沒有他付得快。可是這次他的手伸進口袋，卻掏不出來了。

他總不能當著人家的面把那錠金子掏出來。

誰知金獅子也並不再搶著付賬，笑道：「既然如此，就恭敬不如從命了，多謝多謝。」

夾棍忽然拍了拍郭大路的肩頭，冷冷道：「這兩天城裡一定很亂，沒事還是耽在家裡的好，免得出來惹麻煩。」

他不讓郭大路說話，手用力在肩上一按，道：「也不勞相送，請坐。」

郭大路笑嘻嘻道：「我坐累了，就想站站。」

夾棍用了八成力，連一點反應都沒有，上上下下瞧了郭大路幾眼，頭也不回的走了出去。

突聽金獅子道：「對面那人各位可認得麼？」

一個身形佝僂，白髮蒼蒼的老頭子手裡提著桶髒水，正從對面的門裡走出來，「嘩啦啦」將一桶水倒在地上。

郭大路笑道：「當然認得，他就是利源當舖的老朝奉，我們都叫他活剝皮。」

金獅子目光灼灼，不住盯著那老人，直到老人又轉身走了進去，他才笑了笑，道：「各位有僭，我們先告辭了。」

他趕上夾棍，兩人輕輕說了幾句話，一齊向當舖那邊走了過去。

黑衣人這時才慢慢的站了起來，慢慢的走過郭大路他們面前。

大家都低著頭喝酒，誰也沒有瞧他。因爲每次看到他的時候，都好像看到條毒蛇一樣，覺得說不出的不舒服。

黑衣人腳步並沒有停，卻忽然喚道：「黃玉如，你好。」

大家都怔了怔，誰也不知道他在跟什麼人說話。

這時黑衣人卻已大步走了出去。

郭大路搖了搖頭，喃喃道：「這人莫非有毛病？」

林太平又在盯著黑衣人背後的長劍，道：「這柄劍至少有四尺七寸。」

燕七道：「你眼力不錯，想必也是使劍的？」

林太平好像沒聽見這句話，又道：「據我所知，武林中能使這種長劍的只有三個人。」

郭大路道：「哦，哪三個？」

林太平道：「一個叫丁逸郎，據說是扶桑浪人『赤木三太郎』，和黃山女劍客丁麗的私生子；赤木三太郎是扶桑『披風一刀流』的劍客，所以丁逸郎的劍法，也溶合了扶桑和黃山兩種劍法之長處。」

燕七凝視著他，道：「想不到你知道的武林秘辛比我還多。」

林太平遲疑了半晌，道：「我也是聽別人說的。」

郭大路道：「還有兩個呢？」

林太平道：「第二個是宮長虹劍法唯一的傳人，叫宮紅粉。」

郭大路道：「宮紅粉？這簡直是個女人的名字。」

燕七道：「她本來就是女人，你難道認爲女人就不能用這麼長的劍？」

郭大路笑道：「我只不過覺得那黑衣人絕不可能是女人。」

林太平道：「聽說丁逸郎最近已遠渡扶桑，去找他親生的父親去了，所以，這黑衣人也絕不可能是他。」

郭大路道：「第三個呢？」

林太平道：「這人叫『劍底遊魂』南宮醜。」

郭大路道：「劍底遊魂？這豈非一句罵人的話，他怎麼會取了個這麼樣的名字？」

林太平道：「很多年前，江湖中出了個怪人，叫『瘋狂十字劍』，遇著他的人沒有一個能逃得過他的劍下，就連當時很負盛名的『西山三友』和『江南第一劍』都被他殺了，只有這南宮醜，居然從他劍下逃了出來。所以南宮醜自己也覺得很得意，就替自己取了個外號叫劍底遊魂。」

郭大路笑道：「敗在人家劍下居然還得意，這人倒有趣得很。」

林太平道：「這人非但無趣，而且無趣極了。」

郭大路道：「爲什麼？」

林太平道：「聽說這人最喜歡殺人，有時固然是爲了他自己高興而殺人，有時也會爲了錢而殺人。而且他雖然僥倖自十字劍下逃了性命，但臉上還是被劃了個大十字，所以從來不願以真面目見人。」

郭大路道：「這麼樣說來，這黑衣人一定就是他了。」

王動忽然道：「這倒也未必。」

郭大路道：「未必？」

王動道：「你們怎麼知道他不是個女人，不是宮紅粉？」

郭大路道：「當然不會是。」

王動道：「爲什麼？你看過他的臉？看過他的手？看過他的腳？……他連一寸地方都沒有讓你看到，你能看到的只不過是他那身黑衣服而已，男人可以穿這樣的衣服，女人爲什麼就不可以？」

郭大路怔住了，怔了半晌，又笑道：「他若是女人，那倒有趣得很，我倒真想看看她長得是什麼樣子。」

燕七悠悠道：「只要是女人，你就覺得有趣麼？」

郭大路笑道：「大多數女人的確都比男人有趣些，太醜太老的自然是例外。」

燕七嘆了口氣，道：「這人居然還敢說他不是色鬼，他不是誰是？」

王動打了個呵欠，道：「我至少也有一點是和色鬼相同的。」

燕七道：「哪一點？」

王動道：「隨時隨地我都會想到床。」

床。

五箱金珠就在床底下。

縱然是天下最豪富的人，也不會將這五口價值億萬的箱子隨隨便便往床下一塞，連門都不鎖就走了出去。

但他們卻硬是這麼樣做了。

因爲除了他們自己之外，別人連做夢都不會想到這張破床底下會有這麼大的寶藏，而且這屋子裡根本空空如也，除了床底下之外，也沒有能藏得下這五口箱子的地方。

「爲什麼不埋在地下？」

燕七也曾經這麼樣提議過，但王動第一個就堅決反對。

「現在我們若辛辛苦苦的埋下去，過不了兩天又得辛辛苦苦的挖出來，既然總得要挖出來，現在又何必埋下去？」

懶人永遠有很充足的理由拒絕做事的。

王動的理由當然最充足。

現在他當然已經又躺在床上。

郭大路正在苦練倒吊著喝酒，他聽說喝酒有囚飲，甚至還有屍飲，所以已決心要把這「吊飲」練成。

這世上若是有人能用眼睛喝酒，就算只有一個人，他也絕不會服輸的，好歹也要練得和那人一樣時才肯停止。

林太平坐在門口的石階上，用手抱著頭，也不知是在發怔？還是在想心事？

他年紀看來比誰都輕些，但心事卻比誰都重。

燕七又不知溜到哪裡去了？這人的行動好像總是有點神秘兮兮的，常常會一個人溜出去躲起來，誰也不知道他去幹什麼。

夜似已很深，又似乎還很早。

有人說：「時間是萬物的主宰，只有時間才是永恆的。」

這句話在這裡卻好像並不十分正確。

在這裡的人雖然不會利用時間，卻也絕不做時間的奴隸。

郭大路喝完了第三碗酒的時候，林太平突然從石階上站了起來。

他的表情很興奮，也很嚴肅，就好像決勝千里的大將要對他的屬下，宣佈一項極重要的戰術時的表情一樣。

只不過無論表情多嚴肅的人，假如你倒著去看，他那樣子也會變得很滑稽的，郭大路剛喝下去的一口酒幾乎忍不住噴了出來。

林太平道：「我有話要說。」

郭大路忍住笑道：「我看得出來。」

林太平道：「這城裡有個人，不但武功很高，而且還會易容術、縮骨法，曾經做過很多宗令官府頭疼的案子。」

郭大路眨眨眼，道：「這件事好像並不只你一個人知道，我好像也聽說過。」

林太平道：「不但你知道，酸梅湯也知道。」

郭大路道：「哦？」

林太平道：「她不但知道，而且還一定跟這個人有仇。」

郭大路道：「有仇？」

林太平道：「不過她也跟我們一樣，只知道這人藏在城裡，卻不知道他藏在什麼地方？用什麼身分做掩護？她雖然想找他報仇，卻找不著，所以……」

郭大路忽然覺得他不像剛才那麼可笑了，一個跟斗翻下來，道：「所以怎麼樣？」

林太平道：「所以她就想法子要別人代她把這人找出來。」

郭大路道：「她當然知道天下最會找人的就是棍子和金毛獅子狗。」

林太平道：「她還知道他們都已到了附近，所以就先想法子去通風報信，讓他們知道：這位名賊就藏在城裡。」

郭大路道：「然後她自己再到這城裡來，一夜間做下十七八件無頭案，而且還故意模仿那名賊做案的手法，讓棍子和金毛獅子狗認定這些案子都是他做的。」

林太平道：「這還不是最重要的一點。」

郭大路道：「最重要的是什麼？」

林太平道：「她這麼樣一做，棍子和金毛獅子狗才能確定這位名賊的確是在城裡，才會認真去找。像他們這種身分的人，自然絕不會爲了一點捕風捉影的消息就賣力的。」

郭大路道：「但她還有個問題。」

林太平道：「她的問題就是得手的贓物一時既不能脫手，也沒法子運出去，因爲她知道棍子和獅子狗已經來了。」

郭大路道：「不錯，這種又惹眼、又燙手的東西，就算要藏起來都不容易。」

林太平道：「非但不容易，而且還得頗費工夫，所以……」

郭大路苦笑道：「所以，她就要找個人代她藏這些東西，可是她爲什麼誰都不去找，偏偏找上了我呢？」

林太平道：「她當然知道你就住在這裡，也知道這個地方連鬼都不想來的，把賊贓物藏在這裡，就好像……」

郭大路道：「就好像把酒藏在肚子裡一樣的安全可靠。」

王動忽然道：「這也不是最重要的原因。」

郭大路道：「哦？」

王動道：「最重要的是，她找來做這種事的人，一定要是個做事馬馬虎虎，看到阿貓阿狗都會去交朋友的糊塗蟲。」

王動非但不動，也很少說話。

他說的話往往就是結論。

但這次下結論的人卻不是他，是郭大路自己。

郭大路嘆了口氣，苦笑道：「看到阿貓阿狗都會交朋友倒沒關係，一看到漂亮的女人就走不動了的人才真的混帳加八級。」

林太平皺了皺眉，道：「你說的是誰？」

郭大路指著自己的鼻子，道：「我說的就是我。」

其實郭大路倒也不是真的糊塗，只不過有很多事他根本懶得認真去想，只要他去想，他比誰都明白。

林太平忽又道：「你還做錯了一件事。」

郭大路嘆道：「郭先生做錯事不稀奇，做對了才是奇聞。」

林太平道：「你剛才不該用那錠金子去付賬。」

郭大路道：「我不用那錠金子付賬，難道用我自己的手指頭去付？莫忘了你剛才喝的也並不比我少。」

林太平道：「棍子和金毛獅子狗若知道我們是用金子付的賬，一定會奇怪這些窮鬼的金子是從哪裡來的？那時我們的麻煩也就來了。」

郭大路道：「我也告訴你幾件事好不好？」

林太平道：「好。」

郭大路道：「第一，棍子和獅子狗根本就不會知道，因爲麥老廣絕不是個多嘴的人。」

林太平道：「有了第一，當然還有第二。」

郭大路道：「第二，郭先生身上有幾錠金子，也並不是空前絕後的事，並不值得大驚小怪。何況，那錠金子上連一點標記都沒有，我早就檢查過了，誰敢說那是偷來的，我就先給他幾個大嘴巴子。」

林太平道：「還有沒有？」

郭大路道：「還有，每個人都要吃飯的，我們若要吃飯，就非用那錠金子付賬不可。」

只聽一人道：「這點才最重要，酸梅湯找的人不但要是個好色的糊塗蟲，而且還要是個窮瘋了、餓瘋了的糊塗蟲。」

這也是結論。

這次下結論的也不是王動，是燕七。

燕七每次出現的時候，也和他失蹤的時候，一樣飄忽。

郭大路搖了搖頭，苦笑道：「這人無論跟誰說話都蠻像人的，卻不知道爲什麼，總是偏偏喜歡臭我。」

燕七笑了笑，道：「你若不是我的朋友，想求我臭你都困難得很。」

郭大路道：「王動也是你的朋友，你爲什麼不去臭臭他？」

王動笑道：「能臭我的話已經被你說光，還用得著別人開口麼？」

郭大路也笑了，走過去拍了拍燕七的肩頭，道：「這次你又溜到哪裡去了？」

燕七道：「我……我出去逛了逛。」

他好像很不喜歡別人碰到他，每次郭大路碰到他的時候，他都好像覺得很不習慣，這也許因爲除了郭大路外也很少有人去碰他。

只要看到他那身衣服，別人已經連隔夜飯都要嘔出來了。

郭大路道：「你到哪裡逛去了？」

燕七道：「山下，城裡。」

郭大路道：「那地方有什麼好逛的？」

燕七道：「誰說沒有？」

郭大路道：「有？」

燕七道：「昨天晚上你豈非就看到個提著兩個籃子的大美人麼？」

郭大路道：「今天晚上你看到了什麼？」

燕七道：「殺人。」

郭大路悚然道：「殺人？誰殺人？」

燕七道：「棍子。」

郭大路道：「棍子殺人？殺的是誰？」

燕七道：「有嫌疑的人。」

郭大路道：「誰是有嫌疑的人？有什麼嫌疑？」

燕七道：「棍子要找的人是個五十多歲的男人，是十年前到這裡來的，所以凡是十年前才搬到這裡來的男人都有嫌疑，都可能是鳳棲梧。」

郭大路道：「鳳棲梧是誰？」

燕七道：「鳳棲梧就是棍子要找的人。」

林太平忽然道：「你說的鳳棲梧，是不是『雞犬不留』鳳棲梧？」

燕七道：「就是他。」

郭大路笑道：「名字如此風雅的人，怎麼起了個如此難聽的外號？」

燕七道：「因爲他一下手就非把人家偷得精光不可，有時連一文錢都不替人家留下，有的人被他偷得傾家蕩產，只有自己上吊抹脖子，所以他雖然沒有殺過人，但被他逼死的人卻不少。」

林太平道：「聽說這人不但心黑手辣，而且視錢如命，偷來的錢自己也捨不得花。」

郭大路道：「莫非他將偷來的錢全都救濟了別人，做了好事？」

燕七道：「這人平生什麼事都做過，就是沒做過好事。」

郭大路道：「那麼他的錢到哪裡去了？」

燕七道：「誰都不知道。」

郭大路沉吟了半晌，道：「城裡有這種嫌疑的人一共有多少？」

燕七道：「本來就不多，現在就更少。」

郭大路道：「棍子已殺了幾個？」

燕七道：「五六個、六七個。」

郭大路瞪眼道：「他殺人，你就在旁邊看著？」

燕七道：「現在我連看都懶得看了。」

郭大路瞪著他，忽然跳起來衝了出去。

王動嘆了口氣，喃喃道：「爲什麼自從認得他之後，我總是非動不可呢？」

郭大路雖然不糊塗，卻很衝動。

他本來應該先問問燕七：「棍子殺的究竟是些什麼人？」

他沒有問，因爲他知道棍子殺的也絕不會是什麼好東西。

他很明白，卻還是忍不住要衝動。這雖然並不是種好習慣，但至少也比那些心腸冷酷、麻木不仁的人好得多。

## 三

黑衣人也有種習慣——他永遠不願走在任何人的前面。

這當然不是因爲他謙虛多禮，只不過因爲他寧可用眼睛對著人而不願用背。

這習慣雖然也不太好，卻至少已讓他多活了幾年。

現在他就走在棍子和金獅子身後。

他們對他倒放心得很，因爲他們知道他的劍是絕不會從人背後刺過來的。

他雖然用黑巾蒙住了臉，但卻比很多人都要面子得多。

長街很靜，只有三兩家的窗戶裡，還燃著暗淡的燈火。

走到街左邊的第四家，他們就停住了腳。

這屋子也和城裡別的人家一樣，建造得樸實而簡陋，窄而厚的門，小而高的窗子，昏黃的窗紙，昏黃的燈光。

門窗都是緊緊關著的。

金獅子沉聲道：「就是這一家？」

棍子點了點頭。

金獅子突然飛掠而起。他身材雖魁偉，行動卻極靈便，輕功也不弱，腳尖在屋簷上輕輕一點，便已掠過屋脊，瞧不見了。

棍子回頭瞧了那黑衣人一眼，才厲聲道：「這是公家辦案，居民閉戶莫出，否則格殺勿論。」

話未說完，屋子裡的燈已熄滅。

只聽「砰」的一聲，顯然有人撞破了後面的窗子，想奪窗而逃。

只可惜金獅子早已防到了這一著。

又是一陣驚呼。

金獅子低叱道：「往哪裡走？」

接著就看到一條人影上了屋脊，輕功雖不在金獅子之下，身材卻瘦小得多，四下略一逡巡，就向東南方飛掠了過去。

棍子沒有動。

黑衣人似乎也沒有動。

但是忽然間，他已經上了屋脊，擋住了那人影的去路。

那人影一驚，雙拳齊出。

黑衣人似乎沒有出手。

但忽然間，出手打人的人已從屋脊上滾了下來，跌到街心。

棍子這才慢慢的走了過去。背負著雙手，低頭瞧著他。

寒風淒厲，天地肅殺。

他一雙眼睛在冷夜中看來像兩把錐子。

結了冰的錐子。

# 六　送不走的瘟神

郭大路已經在街角裡看了很久，他本來早就想衝過去了。

可是衝過去幹什麼呢？

他自己也不知道要幹什麼？棍子抓的若真是個心黑手辣的強盜，他難道還能幫強盜拒捕麼？

從山上一路跑下來，一路冷風撲面，他的火已經小了很多。

所以他還是在街角裡等著。

跌到街心上的那個人蜷曲在那裡，就像是一灘泥，動都沒有動。

棍子突然一把將他拉了起來，用兩隻手揪著他的衣襟，一字字道：「看著我。」

這人的身子雖已站起，頭還是軟軟的垂著。

棍子的右手鬆開，正正反反摑了他十幾個耳刮子。

血開始從他嘴角往外流，但他還是咬著牙，連哼都沒有哼一聲。

棍子冷笑道：「好，有種。」

他的膝蓋突然抬起，用力一撞。

這人痛得連臉都變了形，想彎腰，卻彎不下去。只有將下身往上縮，整個人都縮成了一團，懸空吊在棍子手上，抖得全身的骨頭都似已將鬆散。

棍子道：「對付不聽話的人，我有很多法子，這是其中最簡單的一種，你想不想再試第二種？」

這人終於抬起頭，瞧著他，眼睛裡充滿了仇恨的怒火。

棍子的神情卻忽然變了，變得和氣了些，道：「你不是鳳棲梧？」

這人牙齒格格打戰，嘶聲道：「你明知道我不是，爲什麼還要這麼樣對付我？」

棍子道：「因爲我還不能確定，除非你告訴我你是誰，我才能證實你不是鳳棲梧。」

這人道：「我誰都不是，只不過是這城裡一個賣雜貨的小商人。」

棍子沉下了臉，冷笑道：「你若不是別的人，我只有把你當做鳳棲梧了。」

這人顫聲道：「你怕抓錯了人，怕上頭怪你，所以你明知我不是鳳棲梧，也不肯放過我。你這種人的手段，我早就知道。」

棍子的臉色又和緩下來，道：「你錯了，這次我找的只是鳳棲梧一個人，和別人全沒關係，只要你肯說出自己的身分來歷，我立刻就放了你。」

這人道：「放了我？你會放了我？」

棍子居然笑了笑，道：「爲什麼我不會放你？就算你在別的地方有案，和我有什麼關係？我何必狗拿耗子，多管閒事？」

這人想了很久，才咬了咬牙道：「我姓韓，叫一陣風。」
棍子道：「一陣風，那年春天，在張家口殺了黃員外一家人的是不是你？」
一陣風道：「你說過，只要我不是鳳棲梧，別的事你都不管。」
棍子道：「我當然不管，但我又怎知你就是一陣風，不是鳳棲梧？」
一陣風道：「我身上刺著花……」
「哧」的，衣襟被撕開，胸膛上果然刺著龍捲風的形狀。
這的確是一陣風的標誌。
棍子淡淡道：「一陣風不會冒充鳳棲梧，鳳棲梧卻可能冒充一陣風的。」
一陣風道：「你要怎麼樣才肯相信？」
棍子沉吟著，道：「聽說，黃員外是被人一劍刺死的。」
一陣風道：「不是，我從來不使劍。」
棍子道：「他是怎麼死的呢？」
一陣風道：「我用藥先毒死了他，再將他拋到井裡去。」
棍子又笑了笑，道：「這麼樣說來，你的確是一陣風了。」
一陣風道：「我本來就是。」
棍子道：「好，很好……」
他突然出手，反手在一陣風脖子上一切。

一陣風立刻又變成了一灘泥。

他的人雖已死，但一雙眼睛卻還不肯死，狠狠的瞪著棍子，眼球慢慢的向外凸出，充滿了憤怒與怨毒，像是在問：「你答應過放了我，爲什麼又下毒手？」

棍子的嘴沒有說話，但眼睛卻似在替他回答。

他眼睛裡充滿了得意之色，彷彿在說：「這就是我的手段，我既然不信任你，你爲何又要信任我呢？」

郭大路的眼睛裡也在冒火。

但他還是只有瞧著，因爲這一陣風的確該殺。

官差殺賊，本是天經地義的事。

只聽一人道：「原來他殺人的時候，你也只不過在旁邊瞧著的。」

郭大路用不著回頭，也知道說話的人是誰了。

他只有嘆了口氣，道：「但我還是要看下去。」

燕七道：「你喜歡看他殺人？」

郭大路道：「我要等著看他殺錯一個人。」

燕七道：「爲什麼？」

郭大路道：「那時我才有理由殺他。」

燕七道：「你想殺他？」

郭大路道：「一陣風雖該死，但他卻更該死。」

燕七道：「你認爲他做錯了事？」

郭大路道：「他做的事也不能說不對，但用的手段卻太卑鄙、太可惡。」

燕七道：「他若永遠不殺錯人呢？」

郭大路怔住了。

燕七笑了笑，道：「這世上有些事本就是任何人都沒法子去管的。何況棍子雖可惡，卻很有用，有些人的確就要他這種人去對付。」

郭大路忽也笑了笑，道：「你以爲他這種人就沒有人能對付得了？」

燕七道：「誰能對付他？你？」

郭大路道：「也許是我，也許是別人，無論是誰都沒關係，我只知道天理循環，報應不爽，遲早總有人去對付他的。」

這就是郭大路之所以爲郭大路。

他不但對人生充滿了熱愛，而且充滿了信心。

他確信真理永遠不滅，公道永遠存在。

他確信正義必定戰勝邪惡，無論什麼樣的打擊都不會讓他失去這種信心。

金獅子正拍著棍子的肩，笑道：「恭喜恭喜，又一件大案被你破了；一晚上連破七案，除了你誰有這麼大的本事？」

棍子道：「你。」

金獅子大笑，道：「我不行，我的心不夠狠，這碗飯已漸漸吃不下去了。」

棍子臉色變了變，又忍住。

金獅子道：「下一家是誰？」

棍子抬起頭，眼睛瞪著對面的一塊招牌。

黑底的招牌，金字：

「利源當舖」。

利源當舖的老闆雖然剝皮，卻不啃骨頭，而且常常還會在骨頭上留點肉分給別人吃。

郭大路對這人的印象一向不錯，看到棍子和金獅子向當舖走過去，他忍不住也想趕過去。

王動一直站在後面沒有說話，此刻忽然道：「不能動。」

郭大路笑道：「我又不是王動，爲什麼不能動？」

王動道：「現在若動，一動就有麻煩。」

郭大路道：「你幾時怕過麻煩了？」

王動道：「就是現在，而且怕的就是這種麻煩。」

郭大路道：「莫忘了，他是我們的大娘舅，我們隨時都可能去找他的。」

王動道：「沒有娘舅無妨，沒有祖宗才麻煩。」

郭大路怔了怔道：「沒有祖宗？」

王動道：「娘舅若真是有案底的賊，我去助他，豈非連我祖宗的人都丟光了。」

郭大路道：「你用不著去，我去！」

王動嘆了口氣，道：「我若能讓你一個人去，現在爲什麼不耽在床上睡覺？」

郭大路瞧著他，瞧著他冷冰冰的眼睛，冷冰冰的臉，心裡忽然湧起了一陣友情的溫暖。

他若想去做一件事，就沒有人能攔得住。

能攔住他的只有朋友。

這時金獅子和棍子已走到當舖門口。

門本來也是關著的，但他們還沒有拍門，門忽然開了。

剝皮老闆從門裡探出頭，道：「我早就知道三位還會再來的，請進請進。」

金獅子和棍子對望了一眼，走了進去。

黑衣人把住了門。

郭大路咬著牙，喃喃道：「不知道棍子要用什麼手段對付他，看來我還是該去瞧瞧。」

他用不著去。

因爲這時金獅子和棍子已經走了出來。

只聽剝皮老闆的聲音在門裡面道：「三位要走了麼，不送不送。」

金獅子含笑抱拳，道：「不用客氣，請留步。」

郭大路看得呆住了，喃喃道：「這是怎麼回事？這兩人怎麼忽然變得客氣起來了？」

王動道：「棍子要打人的時候，並不是隨隨便便就打下去的，否則棍子早就打斷了。」

郭大路道：「這剝皮老闆又是誰？憑什麼能令他們如此客氣？」

王動沉吟道：「也許就因爲他誰都不是，所以人家才會對他客氣。」

郭大路想了想，也不知是否想通了這句話的意思。

他已沒空再想，金獅子和棍子下一個目標竟是麥老廣燒臘舖。

郭大路皺眉道：「想不到他們連麥老廣這種人也懷疑，疑心病倒真不小。」

燕七道：「這次你倒用不著擔心，麥老廣絕不會有什麼毛病被他們找出來。」

郭大路道：「我當然不擔心，但卻不是爲了你這原因。」

燕七道：「你爲的是什麼？」

郭大路道：「他們也是人，也得吃飯，若沒有麥老廣，他們明天吃什麼？」

王動道：「吃屁。」

郭大路笑了，但笑容剛露出，立刻就又消失。

燒臘店裡竟忽然傳出一聲驚呼，正是麥老廣發出來的。

又聽到棍子的聲音在問：「這錠金子是哪裡來的？說！」

聽到「金子」兩個字，郭大路的人已箭一般竄了出去。

這次連王動都沒有再攔他。

只見棍子拎著麥老廣，就好像麥老廣拎著油雞似的。

油雞當然有油，麥老廣臉上的汗也像是油，在燈下閃閃發光。

他不停的抖，抖得連話都說不出來了。

棍子厲聲道：「你說不說？金子是哪裡來的？」

這次已用不著麥老廣自己說了。

郭大路已衝了進去，大聲道：「金子是我給他的，一共買了他三十斤肉、四十斤酒，外加七隻鵝、八隻雞，誰也沒做蝕本生意。」

棍子慢慢的放下麥老廣，慢慢的轉過身，瞪著郭大路。

郭大路就吊兒郎當的站在那裡，的確不像是個能用金子付賬的人。

棍子道：「金子是你的？」

郭大路道：「是！」

棍子道：「從哪裡來的？」

郭大路道：「一個人有金子若是也犯法的話，那麼天下犯法的人可就太多了，只怕兩位也不例外吧？」

棍子的臉上雖然沒有表情，瞳孔卻已漸漸開始在收縮。

突然間，他的手已伸出。

他不但比別人高，手也比別人長，十根又乾又瘦的手指，就像是一雙裝在棍子上的鐵爪。

但郭大路偏偏就要碰碰這雙鐵爪。

他既沒有閃避，也沒有招架，「呼」的，雙拳齊出，硬碰硬就往這雙鐵爪反打了過去。

這一拳擊出，非但棍子吃了一驚，金獅子也不禁爲之失色。

棍子這一雙鐵爪上顯然練著有鷹爪功一類的功夫，就算是瞎子也能感覺得到，對方手上若沒有驚人的內功，怎麼敢一出手就使出這種硬碰硬的招式？

其實郭大路的內力並不如他們想像中那麼可怕，只不過他天生是個大路的人，不但花錢大路，做事大路，武功也大路。

這一拳擊出，是他的拳頭擊斷對方的鷹爪？還是對方的鷹爪洞穿他的拳頭？他根本連想都沒有去想。

他根本不在乎。

只要他高興，什麼樣的招式都能使得出來。

但別人可沒有這麼樣大路，何況武功講究的本是招式的變化和技巧，不到萬不得已時，誰肯和對方硬拆硬碰？

郭大路一拳擊出，棍子的招式已變，肘一沉，爪上翻，十指如鈎，如抓似削，擊向郭大路的腕脈。

郭大路簡直連瞧都沒有瞧見，招式連一點都沒有變。

「不變就是變，以不變應萬變。」

這一著正又是武功中最高妙的原則。

棍子凌空一個翻身，幾乎就撞到牆上。

郭大路簡直可說是連一招都沒有完全使出，就已將這六扇門裡數一數二的高手擊退了。

他對自己很滿意，也沒有追擊。

「乘勝追擊」這句話他並不是不知道，可是別人既然已示弱認輸，既然已退了下去，又何必再追呢？

趕盡殺絕這種事郭大路是從來不會做的。

金獅子乾咳兩聲，迎了上來，笑道：「小兄弟，有話好說，何必生這麼大的火氣？」

郭大路道：「是他的火氣大，是他想來揍我，我哪有什麼火氣？」

金獅子道：「誤會誤會，大家全是誤會。」

郭大路道：「但他問了我半天，我倒也想問他一句話。」

金獅子道：「請問。」

郭大路道：「一個人用金子來買酒買肉，是不是犯法的？」

金獅子笑道：「當然不犯法，我也常常用金子來付賬的。」

郭大路道：「既然不犯法，就請你們放過麥老廣，也放過我吧。」

金獅子道：「當然當然。」

他瞟了門外的王動、燕七，和林太平一眼，道：「今天下午我們已叨擾了各位一頓，晚上就由我來作東，喝幾杯如何？」

郭大路還在沉吟，意思已有點活動了。

他倒並不是喜歡白吃，只不過拒絕別人的話，他實在說不出口來。

王動道：「現在我什麼都不想，只想早點上床。」

金獅子笑道：「那也好！反正我們早就想到府上拜訪了，不如就乘今夜之便，到府上去作一長夜之飲，四位的意下如何？」

這麼樣一說，王動也沒法子拒絕了——六扇門中的人要到你家裡去「拜訪」，你能有法子拒絕麼？

何況，他們若到了富貴山莊，就不能夠在這裡殺人了。

所以他們到了富貴山莊。

# 七　床底下的秘密

無論誰先聽到「富貴山莊」的名字，再到那裡去，免不了都要吃一驚。

這麼樣「富貴」的山莊倒也的確少見得很。

郭大路笑道：「這裡本來非但沒有燈，也沒有油，幸好我今天從山下帶了些蠟燭回來，否則大家就只好黑吃了。」

王動道：「其實黑吃黑也蠻有趣，怕只怕吃到鼻子裡去。」

他本來回到家第一件事就是脫鞋子上床，但今天卻連走都沒有走過去，遠遠就坐了下來，又道：「各位若不嫌髒，就請坐到地上。」

金獅子笑道：「這是古風，我們的老祖宗本就是坐在地上的。」

郭大路道：「我們復古的精神比誰都徹底，連睡都睡在地上。」

金獅子道：「那張床呢？」

誰都不願意他們注意到那張床，可是無論誰走進來都沒法子不注意那張床。

王動道：「床是我一個人睡的。」

郭大路道：「這倒不是他做主人的小氣，而是我們嫌髒。」

屋子裡只有他們三個人說話，林太平、燕七、棍子都沒有開過口，那黑衣人更連門都沒有進來，背負著手，站在院子裡，彷彿已和這陰森森的院子、陰森森的夜色溶成了一體。

金獅子道：「小兄弟這麼高的武功，不知是哪一門的高人傳授的？」

他自動將話題從「床」上移開，別人當然更求之不得。

郭大路道：「我師傅倒有不少，教出來的徒弟卻只有我一個。」

金獅子道：「不知是哪幾位？」

郭大路道：「啓蒙的恩師是『神拳泰斗』劉虎劉老爺子，然後是『無敵刀』楊斌楊二爺子、『一槍刺九龍』趙廣趙老師、『神刀鐵胳臂』胡得揚胡大爺……」

金獅子瞪大了眼睛在聽著，他名字說得愈多，金獅子的眼睛瞪得愈大，彷彿已怔住。

這些名字他實在連一個也沒聽說過。

武林中有樣很妙的事，那就是外號起得愈嚇唬人的武功往往愈稀鬆平常，尤其是「一槍刺九龍」、「神刀鐵胳臂」這一類的名字，更像是走江湖賣把式的，真正的名家宗主，若是起了個這麼樣的名字，豈非要叫人笑掉大牙。

郭大路好不容易才把這些響噹噹的名字說完了，笑道：「家師們的名字，你可聽說過？」

金獅子咳嗽兩聲，道：「久仰得很，咳咳，久仰得很。」

他忽然一抬腳，人已竄了過去，竄到床邊，抓著床沿，人躍起，乘勢將床也提了起來。

郭大路、王動、燕七、林太平，四個人的心似也被提了起來。

床下的五口箱子若是被人發現，今天他們就算能擋住金獅子的刀、棍子的爪、黑衣人的長劍，這做賊的污名只怕是再也洗不掉的了。

他們的年紀還輕，若是揹上了做賊的黑鍋，到幾時才能抬得起頭來？

誰知床下連一口箱子都沒有，什麼都沒有。

郭大路幾乎忍不住要叫了出來。

金獅子似也怔了怔，慢慢的放下床，勉強笑了笑道：「我剛才明明看到床底下有隻老鼠的，怎麼忽然就不見了。」

王動冷冷道：「是白老鼠還是黑老鼠？」

金獅子道：「這……我倒沒看清楚。」

王動道：「白老鼠就是財，藏金的地方往往會有白老鼠出現，明天我倒要挖挖看，說不定這下面埋著好幾箱金子也未可知。」

他臉上還是冷冰冰的，連一點表情都沒有。

郭大路瞟了他一眼道：「金兄若肯留下來，說不定也可以發個小財的。」

金獅子勉強笑道：「不必了，我這人天生沒有橫財運。」

這屋子現在雖破舊，本來的建築卻講究得很，地上都鋪著整塊的青石板，石板縫中都長滿了蘚苔。

無論誰都能看出這些石板，至少已有十年沒有動過。

棍子忽然站起來，道：「我醉了，告辭了。」

他明明連一滴酒都沒有喝，明明是睜著眼睛在說瞎話，但誰也不想揭穿他。

大家都覺得這假話說得很是時候。

棍子和金獅子走了很久，郭大路才長長鬆了口氣，笑道：「還是我們的王老大高明，若不是他把箱子搬走，我們今天就要當堂出采了。」

王動道：「王老大是誰？」

郭大路道：「當然是你。」

王動道：「你認爲我會一個人把這五口箱子搬走，再藏起來麼？」

郭大路怔住了。

若要王動搬箱子，倒不如要箱子搬王動也許反倒容易。

郭大路抓著頭皮，道：「若不是你，是誰？」

他轉過頭，就看到了燕七。

燕七道：「你不必看我，我也未必比王老大勤快多少。」

林太平道：「我一輩子沒搬過箱子。」

他一雙手又白又細，簡直比小姑娘的臉還嫩。

郭大路幾乎把頭皮都抓破了，吃吃道：「你們既然都沒有搬箱子，那五口箱子，難道是自己長腿跑走的麼？」

王動道：「箱子雖然沒有腿，酸梅湯卻有腿，而且一定是雙很好看的腿。」

王動說的話，往往就是結論。

除了酸梅湯之外，他們實在想不出還能有誰知道床底下有五口箱子，更沒有別人會將箱子搬走。

燕七道：「現在她目的已達到了，自然不必把五大箱子白白留給我們。」

林太平道：「所以她一看到我們下山，就乘機把箱子搬走。」

王動伸了個懶腰，道：「搬走了反而好，否則我在床上躺著也不舒服。」

林太平道：「我只奇怪一樣事，我們明明誰都沒有往床這邊瞧過一眼，金獅子怎麼會懷疑到床底下有毛病？」

王動道：「也許就因爲我們誰都沒有往床這邊瞧過一眼，所以他才會懷疑。」

這也是結論。

你愈是故意裝著對一件事全不關心，反而顯得你對它特別關心。

尤其是女孩子。

一個女孩子若是對別人全都很和氣，只有對你不理不睬，那也許就是說她心裡沒有別人，只有你。

林太平嘆了口氣，道：「看來這獅子狗倒真是個厲害人物。」

燕七道：「這人老奸巨猾，笑裡藏刀，實在比棍子還厲害很多。」

郭大路已有很久沒說話了，此刻忽然道：「箱子絕不是酸梅湯搬走的。」

燕七道：「不是她是誰？」

郭大路道：「她若要將箱子搬走，昨天就根本不會留下來。」

燕七道：「爲什麼？」

郭大路道：「要把那五口箱子搬出城，今天比昨天還困難得多，她爲什麼昨天不搬今天搬？她難道會是呆子？」

燕七冷笑道：「她當然不是呆子，我才是，我就是想不出還有別人會來搬箱子。」

郭大路忽然笑了，道：「爲什麼我一提起酸梅湯你就生氣，難道你也偷偷的看上她了？我把她讓給你好不好？」

燕七道：「爲什麼要你讓？她難道是你的？」

王動嘆了口氣，道：「你們酸梅湯還沒有吃到嘴，醋已喝了幾大碗，這又何苦呢？」

燕七也笑了。

他笑得很特別，也很好看。

別人開始笑的時候，有的是眼睛先笑，有的是嘴先笑。

他開始笑的時候，卻是鼻子先笑，鼻子先輕輕的皺起一點點，然後面頰上再慢慢的現出兩個很深很深的酒窩。

郭大路在瞧著他，喃喃道：「假如這小子不是個這麼樣的人，我一定會認爲他是個女的。」

燕七眼睛又瞪了起來，道：「我若是女的，你就是個陰陽人。」

郭大路道：「我當然也知道你絕不會是女的，可是你那笑、那酒窩……」

燕七道：「酒窩怎麼樣？酒窩的意思只不過表示會喝酒，你懂不懂？」

郭大路忽然拉起了他的手，道：「走，咱們喝酒去。」

燕七道：「哪裡喝酒去？」

郭大路道：「山下。」

燕七道：「這裡的酒還沒有喝完，爲什麼要到山下喝？」

郭大路眨了眨眼，道：「聽說麥老廣的燒烤都是半夜做的，我想去吃他半隻新出爐的燒鴨。」

燕七道：「我沒有你這麼饞，你一個人去吧。」

郭大路道：「你知道我從來不一個人喝酒。」

燕七道：「要不然，你找王老大陪你去。」

郭大路道：「現在就算拿刀架在他脖子上，他也不會下床了。」

燕七道：「他不去，我也不去。」

郭大路笑道：「你又不是個大姑娘，跟我一個人去難道還不放心？」

燕七的臉彷彿紅了紅，道：「說不去就不去，你死拉住我幹什麼？」

郭大路笑道：「我偏要你去，不管你是男是女，我都找定你了。」

王動嘆道：「我看，你還是跟他去吧，遇見了他這種人，只怪你交友不慎，你若不去的話，連我也睡不成覺。」

燕七也嘆了口氣，道：「幸好我是男人，若是個女的，那才真受不了。」

郭大路笑道：「你若真的是女人，受不了的只怕是我。」

遇見郭大路這種人，的確誰也沒法子。

燕七畢竟還是被他拉了出去，剛走出大門，兩人就怔住。

此刻已是深夜，這山城中的人本該都已睡了好幾覺，有的甚至已快起床了。

誰知山下現在卻還是燈火通明，郭大路到這裡已有三個月，從來也沒看見山城裡燈火如此明亮過。

郭大路道：「今天難道已過年了麼？」

燕七道：「好像還沒有。」

郭大路道：「不是過年，爲什麼如此熱鬧？」

燕七喃喃道：「過年的時候，這裡只怕也沒有如此熱鬧。」

郭大路又拉起他的手，道：「走，我們快去湊熱鬧去。」

燕七道：「我自己會走路，你爲什麼總是要拉住我的手？」

郭大路笑嘻嘻道：「你若不願意我拉你的手，你就拉住我的好了。」

燕七又嘆了口氣，道：「看來我又得改名字了，叫燕八。」

郭大路道：「爲什麼？」

燕七道：「遇到你這種人，我非再死一次不可。」

# 八　麥老廣和他的燒鴨子

## 一

山城裡只有三百多戶人家，現在每家人都燃起了燈，而且還敞開著門，像是在迎財神的樣子。

只不過他們迎接的不是財神，而是瘟神。

幾十個戴著紅纓帽，穿著皂服的人，腰裡佩著刀，手裡舉著火把，挨家挨戶的搜查。

燕七和郭大路一下山，就遇見了金獅子，負手站在街頭，呼來喊去，儼然就像是一位在沙場上指揮若定的大將。

郭大路迎了上去，笑道：「金將軍準備將這裡闢爲戰場麼？」

金獅子的臉上本來彷彿帶著層寒霜，看到他來了，才有了笑容，道：「這也是萬不得已，否則我們絕不敢驚擾良民的。」

燕七道：「既然明知是良民，又何必驚擾？」

金獅子嘆道：「我們只知道那批贓物還留在鎮上，沒有運走，卻不知是藏在哪一家？所以只好將附近十八縣的差役捕快全都調到這裡來，挨戶調查。」

他又笑了笑，接著道：「只要能查出那批贓物在哪裡，鳳棲梧這次就再也休想跑得了。」

郭大路道：「這樣說來，鎮上我們也進不去了？」

金獅子目光閃動，道：「如此深夜，兩位還要到鎮上去幹什麼？」

郭大路道：「喝酒。」

金獅子道：「到麥老廣店裡喝酒？」

郭大路道：「嗯，山上的酒已喝完了，我們的酒癮還沒有過足。」

金獅子笑道：「那地方我們上半夜已經搜查過了，只搜出了一錠金子，兩位現在只管去無妨，請。」

他向街上巡弋的捕快，打了個手式，自己也讓開了路。

走過去一段路，燕七才笑道：「看樣子他對你倒很賣賬。」

郭大路笑道：「那只因我的底細，他連一點也摸不透。」

燕七也笑了，道：「你說的那些名字，真的全都是你師傅？」

郭大路道：「這倒一點也不假。」

燕七道：「你武功雖也不太怎麼樣，但他們還教不出你這樣的徒弟來。」

郭大路笑道：「我學的並不是他們武功的長處，而是他們武功的短處。」

燕七皺眉道：「短處？」

郭大路道：「我若看到他們武功有什麼破綻缺點，自己就儘量想法子避免。這就叫：三人行，必有我師，無論從什麼人你都能學得點東西的。」

燕七瞟了他一眼，道：「看不出你倒有點學問。」

郭大路正色道：「在你面前，我也用不著謙虛，我的學問本來就大得很。」

燕七又忍不住笑了，問道：「那麼你的長處是從哪裡學來的呢？」

郭大路道：「我問過你靴底的事沒有？問過你怎麼死了七次的事沒有？」

燕七道：「沒有。」

郭大路道：「那你爲什麼要問我？」

## 二

麥老廣是個老光棍，店裡大大小小，一共只四間房。

一間就是前面的店舖，一間是廚房，一間是他睡覺的地方。

最重要的一間在最後面，是他的燒烤房。

這間房門總是關著的，因爲麥老廣的燒烤滷味也是「獨門秘方」，若是被別人偷偷學去了，他的飯碗也就砸破了。

燕七他們來的時候，麥老廣正在燒烤房，房門雖是關著的，但一陣陣撲鼻的香氣已經從門縫裡透出。

郭大路嘸了口口水，大聲道：「老廣，生意上門了，還不快出來？」

過了半晌，麥老廣才走了出來，渾身都是油，就好像剛在豬油堆裡打過滾。

看到郭大路，他不耐煩的臉上才有了笑容，道：「今晚大家都睡不成，天亮時生意一定好，所以我特地多烤了幾十隻鴨子，才會比平時忙點。」

郭大路笑道：「老廣，你沒有兒子，又沒有老婆，自己更是省吃儉用，連新衣服都捨不得添一件，賺這麼多錢幹什麼？」

麥老廣道：「我地呢的整日係油裡打滾嘅人，要新衫做乜哩？而且，錢係不怕多嘅，愈多就愈更好。」

燕七也笑了，道：「他說的這倒是老實話。」

麥老廣道：「老實人當然說老實話。」

郭大路道：「麥老廣倒真是個老實人，聽說他來了十幾年，連趙寡婦貞節碑坊後的石頭巷，都沒有去過一次。」

燕七道：「石頭巷是什麼地方？」

郭大路笑道：「石頭巷是個好地方，不但美女如雲，而且溫柔體貼。」

燕七望了他一眼，道：「你去過？」

郭大路道：「我倒並不是不想去，只不過每次喝醉了的時候，卻都忘了。」

燕七道：「清醒的時候你為什麼不去？」

郭大路道：「清醒的時候我不敢去。」

燕七冷冷道：「你會不敢？」

郭大路道：「我只怕那些美女見了我這樣的美男子，就再也不肯放我走了。」

燕七忍不住又笑了，道：「那種地方，偏偏要設在人家的貞節牌坊後面，你說是不是要叫人活活氣死？」

麥老廣道：「這麼夜了，兩位還要飲酒？」

燕七道：「他想來吃你剛出爐的燒鴨。」

麥老廣道：「好，我去揀隻肥嘅來。」

他轉身走了進去，郭大路居然也在後面跟著，道：「我也到後面去瞧瞧。」

麥老廣停住腳道：「後面齷齪邋遢，有乜好睇？」

郭大路道：「我不怕髒，反正我已經夠髒了。」

燕七嘆道：「他若一定要去，你最好還是讓他去吧，否則他就算纏到後天大天亮，也是非去不可的。」

麥老廣也笑了，道：「後面黑迷矇，你行路要小心些呀。」

後面的院子果然很黑。

燒烤房就在院子的盡頭，也是個黑黝黝的屋子。

麥老廣步履蹣跚，走得很慢。

郭大路笑道：「看你走路的樣子，好像也喝過酒似的。」

麥老廣道：「今晚天時凍，我只飲了兩杯，已經好似有點醉醉地……」

他腳下忽然一個踉蹌，像是要跌倒。

郭大路剛想伸手去扶，誰知麥老廣忽然一轉身，如蛟龍出海、如鷂子翻身，其矯健輕捷，簡直無法用言語形容。

郭大路的手剛伸出，已被他扣住了脈門。

燕七做夢也想不到這平時連走路都似要跌倒的糟老頭子，忽然間變得如此可怕，大驚之下，想撲過去。

麥老廣已沉聲叱道：「站住，否則要他的命。」

這句話說出來，竟是標準的北方口音，連一點廣東味都沒有。

燕七呆住，失聲道：「你……你就是……」

郭大路笑道：「他就是鳳棲梧，就是把箱子從我們床底下搬走的人，你難道還想不到？」

他人已被制，命在旦夕，居然還是笑笑嘻嘻的一點也不在乎。

麥老廣冷冷道：「不錯，我就是鳳棲梧，你怎麼知道的？」

郭大路道：「我本來也只不過是胡亂猜猜，因爲除了棍子、金獅子、黑衣人，和我們四個人之外，這地方就只有你知道我們藏有金子，只有你有機會乘我們慢慢走上山的時候，先趕去將箱子搬走。」

鳳棲梧冷笑。

郭大路道：「還有，你既已被棍子他們『冤枉』過，他們現在當然不會再懷疑你，何況，你那燒烤房誰都不能進去，把箱子藏在那裡真是再好也沒有了。」

鳳棲梧道：「還有沒有？」

郭大路道：「金獅子的鼻子最靈，他既已見過你，你身上的味道就瞞不過他的鼻子，所以你才故意來作這行生意。」

他聳起鼻子長長吸了口氣，才接著道：「因爲無論任何人身上的味道，都絕不會有烤鴨那麼濃的，就算有狐臭的女人都不例外。」

鳳棲梧道：「還有沒有？」

郭大路道：「還有，我聽說鳳棲梧是個一毛不拔的小氣鬼，就算是偷來的銀子都捨不得花，甚至連老婆都捨不得娶一個；而我這陣子見到的人，再也沒有比你更小氣的了，放著新鮮的酒肉捨不得吃，卻專門吃我們剩下的剩菜冷飯。」

他忽然笑了，接著道：「我現在才發現你這鳳棲梧的名字取得真是妙極了，人家林逋是梅妻鶴子，你的妻子就是你自己，所以叫做『妻吾』。」

他似乎對自己的幽默感欣賞極了，自己笑得眼淚都流了出來。

別人都沒有笑，也笑不出。

鳳棲梧冷冷的瞧著他，等他笑完了，才冷冷道：「還有沒有？」

郭大路道：「沒有了，這些已經夠了，三樣事加起來，所以鳳棲梧就是麥老廣，麥老廣就是鳳棲梧。」

鳳棲梧道：「想不到你這樣的混小子，也有聰明的時候。」

郭大路道：「就算是最笨的人，一生中也會聰明一兩次的；何況我本來就是個天才，只不過偶爾會裝裝糊塗而已。」

鳳棲梧道：「你想到我的燒烤房去，是麼？」

郭大路道：「本來是想的。」

鳳棲梧道：「好，進去。」

郭大路道：「本來雖想，現在卻不想了，因爲我不想被人當作鴨子吊在架上烤。」

鳳棲梧冷笑道：「只可惜，現在去不去已由不得你了。」

燕七道：「你殺了他也沒有用，還有我，我還是可以把你的秘密傳出去。」

鳳棲梧道：「他進去了，你自然也會跟著進去的，因爲你絕不會放過救你朋友的機會，我活了五六十歲，這一點至少還能看得出。」

燕七咬著牙，連眼睛都紅了，莫說是五六十歲的老江湖，就算是三歲大的孩子也能看得出他對郭大路是多麼關心。

郭大路敞聲大笑，道：「人生得一知己，死而無憾，有了這樣的好朋友，死活又有什麼關係，只不過……」

鳳棲梧道：「只不過怎樣？」

郭大路道：「我知道你絕不會殺我們的。」

鳳棲梧道：「哦？」

郭大路道：「因爲你就算把我們兩個全殺了也沒有用。」

鳳棲梧道：「哦？」

郭大路道：「不但王老大知道我們要到你這裡來，金獅子也知道，我們若是突然失蹤了，他們怎麼會不懷疑？」

鳳棲梧冷冷道：「那是以後的事。」

郭大路道：「你既然不在乎，現在爲什麼還不動手殺我？」

鳳棲梧道：「這裡反正不會有人來，我用不著那麼急。」

郭大路道：「你還沒有動手，只因你還拿不定主意，我知道你一向是個很小心的人，不是十拿九穩的事，你絕不肯做。」

燕七忽然道：「只要你放了他，我們也許可以替你保守秘密。」

鳳棲梧目光閃動，看來就像是一隻老狐狸。

老狐狸的毛病就是太多疑，不但懷疑別人，也懷疑自己。

郭大路悠然道：「你知道，我對於抓賊並沒有興趣，只不過不喜歡被人騙而已。」

只聽一人笑道：「誰都不喜歡被人騙的。」

這是金獅子的聲音。

語聲中，金獅子、棍子、黑衣人已慢慢的走進了院子。

也就在這同一刹那間，四面牆頭火把高舉，幾十個捕快弓上弦，刀出鞘，已將這小小的院子團團圍住。

鳳棲梧滿臉發光，也不知是油？是汗？突然反手一掄。

郭大路百把斤重的身子竟被他掄了出去，衝向金獅子和那黑衣人。

鳳棲梧的人就像已變成了一根箭，「嗖」的射出，一眨眼已掠上房脊，順手奪過了兩把刀，施出「鳳凰展翅」。

刀光一閃間，已有兩名捕快自房上跌下，再一閃，鳳棲梧身形已遠在三丈開外。

這闖了幾十年江湖，做過無數件大案的巨盜，果然有非人能及之處。

他不但身法快，出手快，而且善於把握機會。

這是他第一個機會，也是他最後一個機會。

黑衣人、金獅子的輕功就算比他強，被衝過來的郭大路擋了擋，也是萬萬追不上他的了。

突聽一聲低叱：「下去。」

房脊後突然出現了兩個人，擋住了鳳棲梧的去路。

其中有個人好像只揮了揮手，鳳棲梧就被震出，在房脊上踉蹌倒退，原路退回，「砰」的，跌下院子，剛好跌在那兩名捕快的身上。

房脊後的兩個人輕輕一掠，也已落入院中，一個面容冷漠，喜怒不形於色，一個斯斯文文，秀氣得如少女。

王動和林太平也來了。

郭大路剛站穩，就拍手笑道：「我們的王老大果然有兩下子。」

王動道：「不是我。」

不是他，自然就是林太平。

這小姑娘似的人竟有這麼大的本事？

誰也看不出，卻又不能不相信。

這時鳳棲梧已被人像裹粽子似的綁了起來。

金獅子仰天吐出口氣，笑道：「追蹤了二十年，今天總算才將這條老狐狸抓住。」

郭大路道：「贓物一定就在燒烤房裡，隨時可以搬出來。」

金獅子笑著道：「這就叫人贓俱獲，當真是功德圓滿。」

郭大路道：「你也用不著謝我，若是一定要謝，就謝謝他吧。」

他指著林太平，笑道：「我這位朋友長得雖然秀裡秀氣的，喝起酒來卻像是個大水缸。」

金獅子眼睛瞟著棍子，道：「我們可真該謝謝他們才是，你說怎麼謝呢？」

棍子沉著臉，道：「拿下來，統統拿下來。」

郭大路幾乎跳了起來，道：「你說什麼？」

棍子沉聲道：「這四人窩賊收贓，縱不是鳳棲梧的同黨也是江洋大盜！統統給我五花大綁帶回去，嚴刑拷問，不怕他不招。」

郭大路簡直肚子都要氣破，氣極了，反而笑了，道：「我倒要看看誰敢來動我？」

棍子厲聲道：「你敢拒捕？」

王動忽然道：「不敢。」

棍子道：「既然不敢，還不束手就縛？」

王動道：「我們雖不敢拒捕，只可惜你不是捕快，而是強盜。」

燕七道：「比強盜還兇。」

王動道：「你們苦苦追蹤鳳棲梧，根本不是爲了他的人，而是爲了他的錢。」

燕七道：「一個捕頭每月的薪俸有多少？能養得起你們？就憑金大爺身上的這套衣服，只怕連將軍都穿不起。」

王動道：「何況，要僱這位黑仁兄這樣的職業殺手，花費一定必不在少，官家自然是不會出這種錢的。」

燕七道：「但贓物卻多得很，天下到處有賊，所以賊贓也取之不盡，用之不竭。」

王動道：「小賊不妨拿回去邀功領賞，鳳棲梧這樣的大賊，不如就索性自己留下了。」

燕七道：「像這樣的賊，抓一個至少可以吃上個兩三年。」

王動道：「但留著我們，總有洩露風聲的一天，所以不如也索性殺了滅口。」

燕七道：「你們做的事雖然比強盜兇，但卻不犯法，這真妙極了。」

王動道：「我早就說過，黑吃黑反而有趣，怕只怕吃到鼻子裡去。」

兩人一搭一檔，連郭大路和林太平都聽得怔住了，江湖中這種見不得人的勾當，他懂得實在沒有燕七他們多。

棍子幾乎想發作，卻都被金獅子攔住。

等他們話說完，金獅子才笑道：「你們說的一點也不錯，我全都承認。」

他指著棍子笑道：「這人在開封，洛陽，濟南，天津，每個城裡都有個家，每個家裡都有老婆，單憑一份捕頭的薪俸，能養得起麼？」

棍子板著臉道：「你的老婆也不比我少。」

郭大路怒道：「只可惜你們這些老婆眼看都要做寡婦了。」

金獅子笑道：「你們可知道我爲什麼要將這些事說給你們聽？」

他指著牆頭，道：「這裡有三十張強弓，四十把快刀，這些人都是我過命的兄弟，他們會不會放你們走？」

棍子冷冷道：「亂箭穿心而死，那滋味可不太好受。」

金獅子道：「何況，還有這位我不惜重資請來的黑仁兄。」

他笑了笑，接著道：「你們當然也知道他不姓黑，他那柄劍至少就可以對付你們兩三個，所以我看你們不如還是聽話些好，至少死也死得痛快些。」

郭大路怒道：「放你媽的屁！」

金獅子變色道：「先殺了他，以儆效尤。」

黑衣人一直負手站在旁邊，此刻忽然道：「你要誰殺他？」

金獅子道：「當然是你。」

棍子道：「殺一個多加黃金三百兩。」

黑衣人道：「好！」

他忽然反手拔劍，劍光一閃，已刺入了金獅子的肩頭。

不是長劍，是短劍。

四尺長的劍鞘中，裝著的竟只不過是柄一尺七寸長的短劍。

金獅子本來也不是容易對付的角色，但他既想不到黑衣人會向他出手，更想不到是這麼短的一柄劍。

棍子大驚之下，喝道：「射！」

喝聲中，他身形已掠起。

但別人怎麼會放他走。

郭大路，燕七，兩個往上一夾，棍子斜斜衝出。

王動本來沒有動。

現在忽然動了，只動了一動。

這一動之準，之快，也簡直叫人沒法子形容。

棍子只覺眼前一花，自己的手上就好像忽然多了付手銬。

牆頭上的人呼嘯一聲，拋弓的拋弓，丟刀的丟刀，眨眼間就逃得一個不剩。他們得到的好處，還不值得他們拚命。

然後，每個人的眼睛都瞪著那黑衣人，誰也不知道這人究竟是怎麼回事。

金獅子的目中更似已要冒出火來，咬著牙道：「你拿了我的金子，卻反過來咬我一口，你這種人簡直連狗都不如。」

黑衣人淡淡道：「我本來就不是狗。」

金獅子道：「久聞『劍底遊魂』南宮醜是條好漢，說一不二，所以我們才不惜重金請你來，誰知終日打雁的人，今日倒被雁啄了眼。」

黑衣人道：「你們本來就瞎了眼。」

金獅子道：「你……你難道……」

黑衣人道：「你以爲我真是南宮醜？」

金獅子道：「你不是南宮醜是誰？」

黑衣人道：「也是個專找人麻煩的人，只不過這次是特地來找你們麻煩的。」

金獅子道：「你究竟是誰？」

黑衣人道：「你的頂頭上司提督老爺，早已知道你們有毛病了，所以特地請我來調查調查你們究竟有什麼花樣。」

他發出聲短促而尖銳的冷笑，接著道：「現在你自己供出了自己的罪狀，真憑實據全都有了，這是不是也叫做人贓俱獲、功德圓滿？」

金獅子瞪著他，再也說不出一個字來。

黑衣人這才向王動他們拱了拱手，笑道：「無論哪一行裡都有敗類，六扇門裡也不例外；但望四位下次見到捕快時，莫要以爲人人都和他們一樣。」

郭大路含笑道：「實不相瞞，我也幾乎就做了捕快。」

燕七笑道：「他若做了捕快，那真是強盜們的運氣來了。」

黑衣人道：「今日之事，全仗著四位仗義援手，這三個人我現在就想帶回去交差了。」

燕七道：「請便。」

郭大路忽然拍了拍鳳棲梧的肩，笑道：「其實進了監牢反而會更舒服些，那裡包管一文錢都用不著花。」

鳳棲梧翻了翻白眼。除了翻白眼外，他還能做什麼別的？

黑衣人道：「至於這賊贓……」

郭大路道：「賊贓自然該入庫充公。」

黑衣人道：「其實這件案子本該算四位破的，在情在理，都該從賊贓裡提出三成來，作爲各位的酬勞，只要四位肯隨我到府城裡去走一趟……」

他話未說完，王動已搶著道：「不必了。」

只爲了金子就要他走一趟遠路，殺了他的頭他也不幹。郭大路、燕七、林太平也不幹。在他們眼中看來，世上還有很多事都比錢財重要得多。

郭大路笑道：「這些東西除了帶給我們不少麻煩外，別的什麼都沒有，閣下只要肯將這燒烤房裡的鴨子撥給我們作酬勞，我們已領情得很了。」

## 三

黎明。城裡又恢復寧靜，風還是那麼吹，雪還是那麼落。世上有些東西本就不是其他任何事所能改變的。有些人也一樣。

鴨子烤到現在，正恰是時候。郭大路撕開隻鴨子，正待放懷大嚼。忽然間，七八塊指頭般大小的翡翠從鴨肚子掉了下來。每個人的眼睛都圓了。再撕開鴨子，肚子裡裝的是瑪瑙。三四十隻鴨子，倒有十來隻肚子裡是裝著東西的。

燕七眨著眼，忽然道：「我明白了。」

郭大路道：「你明白了？」

燕七道：「鳳棲梧本來是想將值錢的珠寶藏在鴨肚裡運走，好瞞過別人的耳目，誰知卻被我們闖了去，所以他只塞了一小半。」

郭大路道：「有道理。」

燕七道：「那位黑仁兄也不知道賊贓有多少，就算清點，也點不出。」

郭大路道：「有道理。」

燕七笑道：「你還裝什麼糊塗，這道理你早就知道了。」

郭大路眨了眨眼，道：「我知道？」

燕七道：「你若不知道，爲什麼要人家把鴨子留給你？」

郭大路嘆了口氣，道：「你若一定要這麼樣想，我也沒法子。」

他忽又笑了笑，道：「反正在情在理，他都應該提出三成來作我們酬勞的，這種錢取不傷廉，我們不花也是白不花。」

燕七盯著他，搖著頭道：「有時我真猜不透你。」

郭大路道：「哦？」

燕七道：「我實在猜不出你究竟是真聰明？還是真糊塗？」

王動悠然道：「你說他糊塗時他偏偏聰明得很，你說他聰明時他反而糊塗了。」

這也是結論。

# 九　菩薩和臭蟲

## 一

錢是男人不可缺少的，女人也是。

錢能惹禍，女人惹的禍更多。

除此之外，錢還有一樣和女人相同的地方：

來得容易，去得一定也快。

郭大路一向認爲自己是個很有原則的人，無論做什麼事都有原則。

他吃鴨子的原則是：「有肉的時候，絕不啃骨頭，有皮的時候，絕不吃肉。」

現在鴨子的皮都已被剝光了，剝了皮的鴨子看來就像是個五十歲的女人被剝光了衣服，忽然變得說不出的臃腫可笑。

柚子卻像是二十歲的女人，皮剝得愈乾淨，就愈好看。

很少人能從鴨子身上聯想到女人，郭大路能。

酒已喝下他肚子，錢已裝進他口袋的時候，無論從任何東西上，他都能立刻聯想到女人。

現在酒已喝完，珠寶也已分成四份。

郭大路眨眨眼，忽然道：「你們有什麼打算？」

什麼打算？誰也沒有打算。

燕七瞪著他，道：「莫非你有什麼打算？」

郭大路眼睛盯著隻剝了皮的鴨子，道：「大家都已經癟了很久，今天當然都應該去活動活動，否則骨頭只怕都要生鏽了。」

燕七道：「我們的骨頭不像你，一有了幾個錢就會發癢。」

郭大路嘆了口氣，又笑了，道：「就算我是賤骨頭，反正我想去活動活動。」

燕七道：「你是不是想單獨活動？」

郭大路道：「嗯。」

燕七冷笑，道：「我就知道有些人只有窮的時候才要朋友，一有了錢，花樣就來了。」

郭大路瞪眼道：「你難道沒有單獨活動過？」

燕七扭過頭，道：「你要走，就走吧，又沒有人拉住你。」

郭大路站起來，又坐下，笑道：「我只不過想單獨活動個一天半天，明天晚上我們再見面。」

沒有人理他。

郭大路搓著手，又道：「麥老廣既已被抓去，這裡就連家好館子都沒有了，我知道縣城裡有家奎元館，酒菜都不錯，好在縣城也不遠，明天我們就在那裡見面如何？……我請客。」

還是沒有人理他。

郭大路急了，道：「難道我連單獨活動一天都不行嗎？」

王動這才翻了個白眼，道：「誰說不行？」

郭大路道：「那麼明天你去不去？」

王動道：「你難道就不能把酒菜從奎元館買回來請我麼？」

郭大路道：「求求你，不要這麼懶行不行？你也該去買幾件新衣服換換了，這套衣服再穿下去，連你的人都要發霉。」

王動忽然站起來，慢慢的往外走。

郭大路道：「你要到哪裡去？」

王動道：「到麥老廣的床上去。」

郭大路道：「去幹什麼？」

王動嘆了口氣，道：「到床上去還能幹什麼？當然是去睡覺，你到床上去難道是幹別的事麼？」

郭大路笑了，他的確是想幹別的事去，而且的確是在床上。

他站起來，笑道：「你在這裡睡一覺也好，反正明天要到縣城去，也省得再回家還要來回的跑。能少走一段路也是好的。」

王動道：「答對了。」

郭大路瞟了燕七一眼，道：「你明天是不是也跟王老大一起去？」

林太平點點頭，燕七卻淡淡道：「我今天就跟你一起去。」

郭大路怔了怔，道：「可是……我……」

燕七也瞪起了眼，道：「你怎麼樣？難道一有了錢，就真的連朋友都不要了？」

郭大路一路走，一路嘆著氣。

燕七用眼角瞟著他，道：「你怎麼回事？有什麼地方不舒服。」

郭大路苦著臉，道：「好像吃壞了，肚子有點不舒服。」

燕七冷冷道：「我看你難過的地方恐怕不是肚子吧。」

他忽然笑了笑道：「其實你什麼地方難過，我早就清楚得很。」

郭大路道：「你清楚？」

燕七眼珠子轉動，道：「有經驗的都知道一句話，叫『單嫖雙賭』，我怎麼會不清楚。」

郭大路怔了半天，只有笑了笑，苦笑著道：「你以爲我撇開你們，是想一個人溜去找女人？」

燕七道：「你難道沒有這意思？」

郭大路不說話了。

燕七悠然道：「其實這也不是什麼丟人的事，男人有了錢，哪個不想找女人？」

郭大路立即接著問道：「你難道也有這意思？」

燕七也不說話了。

燕七道：「老實說，跟著你，就因爲要你帶我去，我知道你在這方面一定很有經驗，是不是？」

郭大路「嗯」了一聲，忽然咳嗽起來。

燕七道：「像你這樣又風流、又瀟灑的花花公子，當然一定知道在什麼地方才能找到最好的女人。」

他用眼角瞟著郭大路，又道：「大家既然是朋友，你總不能不指點我一條明路吧。」

郭大路的臉好像已有點發紅，喃喃道：「當然，當然……」

燕七道：「那麼我們現在該怎麼走呢？」

郭大路道：「當然是……先到城裡去再說。」

燕七又笑了笑，道：「其實你本該把王老大他們也一起找來的，讓他們也好開開眼界，我真不懂你爲什麼要瞞著他們。」

郭大路一點也不想瞞別人，他本覺得找女人並不是什麼丟人的事。

找不到女人才丟人。

他瞞著別人，只因爲他根本不知道在什麼地方才找得到女人。

他根本還沒有找過，就因爲還沒找過，所以才想找；所以才想得這麼厲害。

縣城好像很快就到了。

一進城，燕七就問道：「現在我們該怎麼走呢，往哪條路走？」

十步之內，必有芳草。

郭大路乾咳了幾聲道：「往哪條路上走都一樣。」

燕七道：「都一樣？」

郭大路道：「哪條路上都有女人。」

燕七笑道：「我也知道每條路上都有女人，但女人卻有很多種，問題是哪條路上才有你要找的那種女人？」

郭大路擦了擦汗，忽然間計從心上來，指著旁邊一家茶館，道：「你先到那裡去等著，我去替你找來。」

燕七眨著眼，道：「我爲什麼要在這裡等，難道不能我們一起去嗎？」

郭大路正色道：「這你就不懂了，這種地方都很秘密，愈秘密的地方愈精彩；但若看到陌生人，她們就不肯了。」

燕七嘆了口氣，道：「好吧，反正你是識途老馬，我什麼都得聽你的。」

看著燕七走進茶館，郭大路才鬆了口氣。

誰知燕七又回過頭，大聲道：「我在這裡等你，你可不能溜呀！」

郭大路也大聲道：「我當然不會溜的。」

他的確不想溜，只不過想先將行情打聽清楚，好教燕七佩服他。

「像我這樣又風流、又瀟灑的花花公子，若連這種地方都找不到，豈非要叫燕七笑掉大牙，而且至少要笑上個三五年。」

他用最快的速度轉過這條街，前面的一條街好像還是和那條一模一樣：有茶館、有店舖、有男人，當然也有女人。

「但哪個才是我要找的那種女人呢？」他看來看去，哪個都不像，每個女人好像都很正經。

「幹這種事的人，臉上又不會掛著招牌的。」

郭大路站在路旁，發了半天怔，自己鼓勵自己，安慰自己：「只要有錢，還怕找不到女人？」

他準備先去買套風光的衣服再說。「人要衣裝，佛要金裝」，穿得風光些，至少先佔了三分便宜。

奇怪的是，買衣服的舖子好像也不太容易找。

他好不容易才找到一家，忽然看到有個人在裡面選衣服，竟是燕七。

「這小子居然沒有在茶館裡等我。」

只聽燕七在裡面笑著道：「要最好看的衣服，價錢貴點沒關係，今天我與佳人有約，要穿得氣派些。」

郭大路皺起了眉頭：「難道這小子反而先找到路了麼？」

看到燕七滿臉春風的樣子，郭大路不禁又好氣，又好笑。

「既然你不仁，我又何妨不義，現在你總不能說我溜了吧。」

他決定連衣服都不換，決定撇開燕七了。

「姐兒愛的是俏，鴇兒愛的是鈔，我既俏又有鈔，換不換衣服又何妨？」

這條街上也有茶館，一個人手提著鳥籠，施施然從茶館裡走了出來。

這人年紀並不大，但兩眼無光，臉色發青，一臉疲勞過度的樣子，而且任何人都能看得出他是幹什麼疲勞過度的。

郭大路忽然走過去，抱抱拳，笑道：「我姓郭，我知道你不認得我，我也不認得你，但現在我們已經認得了。」

他做事喜歡用直接的法子。

幸好這人也是在外面混混的，怔了怔之後，也笑了，道：「郭朋友有何見教？」

郭大路道：「人不風流枉少年，這句話你想必也有同感。」

這人道：「原來郭兄是想風流風流。」

郭大路道：「正有此意，只恨找不著入天台的路而已。」

這人笑道：「郭兄找到我，可真是找對人了。但要風流，就得有錢，沒有錢是要被人打出來的。」

郭大路被人打了出來。

他忽然發現姐兒並不愛俏。

姐兒愛的也是鈔。

郭大路並不是個好欺負的人，絕不肯隨隨便便挨人打的。可是他又怎麼能跟這種女人對打呢？

他膀子上被人咬了兩口，頭上也被打出了個包，現在他一隻手摸著頭上的這個包，一隻手還在摸著口袋。

口袋是空的，比他的肚子還空。他明明將那份珠寶放在這口袋裡的，現在卻已不見了。

早上吃的鴨皮，現在都已消化得乾乾淨淨，酒也早就變成了汗。

等到天黑時，汗都流乾了。

郭大路找了個破廟，坐在神案前，望著那泥菩薩發怔。泥菩薩好像也正望著他發怔。

他本來已計劃得很好，準備先舒舒服服的吃了一頓，再舒舒服服的洗個澡，他甚至已想像到一雙玉手替他擦背時的旖旎風光。

可是現在呢？

現在替他擦背的是隻臭蟲，也許還不止一隻，他坐著的蒲團就好像是臭蟲的大本營，好像全世界的臭蟲都已集中到這裡，正一隊一隊的鑽入他衣服，準備在他背上開飯。

郭大路一巴掌打下去，只恨不得一巴掌將自己打死算了。

「我這人難道是天生的窮命？就不能有一天不挨餓的？」

他忽然又想到了朋友的好處。

「我為什麼要一個人單獨行動？為什麼要撇開燕七呢？」

想到他們現在一定在大吃大喝，他更餓得幾乎連臭蟲都吞得下去。

「一個人的確不該撇開他的朋友，無論想幹什麼，也得跟朋友在一起，除了朋友外，世上還有什麼值得珍惜的呢？」

郭大路忽然變得又珍惜友情，又多愁善感起來——無論誰又窮又餓的時候，他都會變成這樣子的。

幸好明天又要和他們見面了，但他只希望時間過得愈快愈好。

「我這麼樣想他們，他們說不定早已忘了我，王動一定早已呼呼大睡，燕七說不定正在跟他的佳人打情罵俏。」

想到這裡，郭大路又不禁長長嘆了口氣，忽然發現自己實在是個很重友情的人，覺得自己對朋友，總比朋友對他好。

於是他又覺得安慰，安慰中又帶著點傷感。

這種心情使他暫時忘記了別的。

他忽然迷迷糊糊的睡著了。

## 二

第二天早上，郭大路一醒來就決定先到奎元館去等他的朋友。

他決定先大吃一頓，等他的朋友來付鈔。

他決定選最好的吃，來補償補償這一夜受的罪。

他只覺得每個人都應該好好補償補償他，因爲他幾乎已忘了自己是爲什麼受的罪，爲什麼吃的苦。

這也許因爲他的頭已餓得發暈，昏昏迷迷中，他好像覺得自己這一切都是爲了朋友而犧牲的。

他很同情自己。

只可惜奎元館的老闆並不這麼想。非但沒有開門，連窗子都沒有開。

郭大路當然不會怪自己來得太早，只怪這些人太懶，爲什麼到現在還不開門，難道存心跟他過不去？

一個餓得發暈的人，通常都不太講理的。

他正想去敲門，後面忽然有個人拍了拍他肩頭，道：「早。」

燕七穿著身嶄新的衣服，滿面春風的站在那裡，一副吃得飽、睡得足的樣子。

郭大路一肚子沒好氣，嘟著嘴道：「現在還早？太陽都曬到屁股上了。」

燕七笑道：「春宵一刻值千金，你爲什麼不躺在美人膝上多曬曬太陽呢？」

郭大路道：「那裡臭蟲太多。」

燕七道：「臭蟲？美人窩裡怎麼會有臭蟲？」

郭大路也發覺自己說漏嘴了，咳嗽了兩聲，嘿嘿笑道：「並不是真的臭蟲，只不過她那雙手老是在我身上爬來爬去，比臭蟲還討厭。」

燕七眨了眨眼，搖頭嘆息道：「最難消受美人恩，你真是有福不會享，我想找個臭蟲在我身上爬爬還找不到哩。」

郭大路道：「哈哈，哈哈。」

他也想笑得開心些，但聲音卻偏偏像是從驢脖子裡發出來的，好像有隻腳踩著了驢脖子。

燕七上上下下的瞧著他，道：「你是不是肚子又不舒服了？一定又吃得太飽。」

郭大路道：「嗯。」

燕七吃吃笑道：「那位姑娘既然對你這樣好，一定親自下廚房，特別弄了不少好東西給你吃，好讓你補補元氣。」

郭大路冷冷瞟了他一眼，道：「想不到你忽然也變得很有經驗了。」

燕七又嘆了口氣，道：「我怎麼有你這麼好的福氣呢。」

郭大路道：「你昨天晚上到哪裡去了？」

燕七道：「你還好意思問我，我在茶館裡等得發昏，連你的鬼影子都沒等著，只好一個人孤魂野鬼般到處亂逛，差點連睡覺的地方都找不到。」

「原來這小子也會裝蒜。」

郭大路恨得牙癢癢的，偏偏又不能拆穿他的把戲，只好嘿嘿笑道：「誰叫你沒耐心多等等的？害得我一個人要應付好幾個大姑娘，簡直煩得我要命。」

燕七搖著頭，不停的咳聲嘆氣，好像後悔得要命。

郭大路又有點開心了，接道：「其實你也用不著難受，下次總還有機會的。尤其其中有個小姑娘，不但長得漂亮，對人更溫柔體貼，你心裡想要什麼，用不著開口，她已經替你準備得好好的。」

燕七聽得眼睛發直，道：「這麼樣說來，她簡直是位救苦救難的泥菩薩。」

郭大路怔了怔道：「泥菩薩？哪裡來的泥菩薩？」

他忽然想起昨天廟裡的那泥菩薩。

燕七笑道：「我的意思是女菩薩，專門救男人的女菩薩。」

郭大路這才鬆了口氣——做過賊的人，心總是比較虛的。

燕七道：「今天早上那女菩薩替你做了些什麼好東西吃？」

郭大路嚥了口口水，淡淡道：「也沒什麼好吃的，只不過是些燕窩囉、雞湯囉、麵囉、包子囉、火腿囉、蛋囉……」

他簡直恨不得把自己心裡想吃的東西全說出來，雖然沒吃到，至少也解解饞。

只可惜他實在說不下去了，因爲再說下去，他口水立刻就要流下來。

燕七嘆道：「看來你非但艷福齊天，口福也真不錯，我卻已經快餓死了，非要找個地方吃東西去不可……」

他話還沒有說完，郭大路已搶著道：「到哪裡去吃？我陪你去。」

燕七道：「不必了，你既然已吃飽，我怎麼好意思叫你陪我？」

郭大路又急又氣，已經忍不住快將老實話說出來了，幸好就在這時，奎元館的門忽然開了一線，一個人從裡面探出頭來，眼睛半閉，彷彿終年都睡不醒，一臉懶洋洋的樣子，斜眼瞄著他們，淡淡道：「小店就有東西吃，客官爲什麼要捨近求遠？」

燕七和郭大路全都笑了。

王動！

郭大路失笑道：「你這人做事倒真是神出鬼沒，究竟是什麼時候來的？什麼時候做了『奎元館』的伙計？」

王動淡淡道：「難得被郭大少請次客，若是睡過了頭，錯過機會，豈非冤枉得很？倒不如索性頭一天晚上就趕來，睡在這裡等，也免得走路。」

燕七笑道：「好主意，王老大做事果然是十拿九穩，能請到這麼誠心誠意的客人，做主人的也一定感動得很。」

郭大路滿肚子苦水吐也吐不出，只有嘿嘿的乾笑，喃喃道：「我實在感動得很，簡直他媽的感動極了。」

王動道：「現在還沒到你感動的時候，等我們吃起來，那才真要你感動哩。」

燕七笑道：「不錯，非他媽的要他感動得眼淚直流不可。」

奎元館地方不小，有樓上樓下兩層，樓下也有十七八張桌子。晚上桌子就都拼在一起，店裡的伙計就在桌子上打鋪。

店裡一共有七個伙計，現在正一個個睡眼惺忪的爬起來，紛紛招呼著王動，顯得既慇懃又親切。

「王大哥等的人已經來了麼？」

「還不快起來招呼王大哥的客人！」

郭大路眼睛發直，真想問問王動，什麼時候又做了這些人的大哥？

他忽然發覺王動這人做事不但神出鬼沒，而且交朋友也有兩手，他自己就永遠沒法子跟飯鋪的伙計交上朋友。

燕七已忍不住問道：「這地方你以前常來麼？」

王動道：「這還是第一次。」

燕七的眼睛也直了，心裡也實在佩服得很，一天晚上就能夠將飯舖裡的伙計弄得這麼服貼，可真不是件容易事。

王動道：「你們要吃什麼，說吧，我這就叫他們去起火。」

燕七道：「給我來碗燉雞麵，煮三個蛋下去，再煎兩個排骨，有燻魚和餚肉也來兩塊。」

王動道：「我也照樣來一份好了，郭大少呢？」

郭大路又嚥了口口水，道：「我……」

他的話還沒有說出口，燕七已搶著道：「他不要，他已經吃得快脹死了。」

郭大路又急又氣又恨，恨得牙癢癢的，手也癢癢的，恨不得把拳頭塞到這多事婆的嘴裡去。

燕七眼珠子直轉，好像在偷偷笑，忽又問道：「林太平呢？來了沒有？」

王動道：「也來了，還在樓上睡大覺。」

燕七笑道：「看不出他睡覺的本事倒也不小。」

樓上非但沒有人，連個鬼影子都沒有。

屋角裡有幾張桌子拼在一起，桌上的確鋪著被，但被窩卻是空的。

燕七道：「他的人呢？」

王動也在發怔，道：「我剛剛下樓的時候，他明明還睡在這裡的，怎麼一下子人就不見了？」

燕七道：「你沒看到他下樓？」

王動搖搖頭，眼睛盯著扇窗子。

燕七笑道：「看來這人做事也有點神出鬼沒，又不要他付賬，他溜什麼？」

他眼睛也隨著王動向那扇窗子看過去。

樓上一共有八扇窗子，只有這扇窗子是開著的。

燕七又道：「剛才這扇窗子是不是開著的？」

王動道：「沒有，我不喜歡開著窗子睡覺，我怕著涼。」他悄悄的走向窗口。

窗下就是奎元館的後門，後門對著條小河，河上有條小橋。

河水雖然又髒又臭，小橋雖然又破又舊，但現在太陽剛昇起，淡淡的陽光照著河水，河水上的晨霧還未消散，微微的風吹著河畔的垂柳，風中隱隱傳來雞啼，看來倒真還有幾分詩情畫意。

殺風景的是，橋對面正有個揹著孩子的婦人蹲在河畔洗馬桶。

燕七皺了皺眉，又皺了皺鼻子，大聲道：「這位大嫂，剛才有個人從這扇窗戶裡下去，你瞧見了沒有？」

婦人抬起頭，瞪了他一眼，又低下頭，喃喃道：「大清早的，這人莫非撞見鬼了麼？」

燕七碰了一鼻子灰，只有苦笑著喃喃道：「這小子到哪裡去了？莫非掉在河裡淹死了麼？」

郭大路肚子愈來愈空，虛火上升，正想找個人出出氣，板著臉道：「淹死一個少一個，就怕他淹不死。」

王動眼角瞟著他，道：「這人今天早上怎麼這麼大的火氣，難道昨天晚上還沒有把火氣放出去？」

燕七吃吃笑道：「人家昨天晚上又有臭蟲，又有女菩薩，就算有天大的火，也該出得乾乾淨淨。」

王動道：「女菩薩？臭蟲？難道昨天晚上他睡在破廟裡的？那就不如到這裡來睡桌子了。」

郭大路的臉一下子就漲得通紅，幸好這時伙計已端著兩碗麵上樓。

好大的兩碗麵，還外帶兩大碟燻魚排骨。一陣陣香味隨著熱氣往郭大路鼻子裡鑽，你叫郭大路怎麼還受得了？

郭大路忽然集中注意，全心全意的盯著桌子下面，就好像桌子下面正有幾個小妖怪在演戲。

燕七和王動嘴裡雖在吃著麵，眼睛也不由自主隨著他向桌子下瞧了過去。

郭大路就趁著這機會，飛快的伸出手，往最大的一塊排骨上抄了過去。

誰知他的手剛摸到排骨，一雙筷子突然平空飛過去，「波」的，在他手背上重重的敲了一下。

燕七正在斜眼瞟著他，帶著笑道：「剛吃了十七八樣東西，還想偷人家的肉吃，難道真是餓死鬼投胎？」

這小子當真是天生的一雙賊眼。

郭大路漲紅著臉，訕訕的縮回了手，喃喃道：「狗咬呂洞賓，好心替他趕蒼蠅，他反而要咬我一口。」

燕七道：「這麼冷的天，哪來的蒼蠅？」

王動道：「蒼蠅雖沒有，至少臭蟲有幾個。」

這兩人今天也不知犯了什麼毛病，時時刻刻都在找郭大路的麻煩，隨時隨地都在跟他作對。

郭大路只好不理不睬，一個人發了半天怔，忽然笑道：「你們知不知道我在想什麼？」

沒有人說話，因爲嘴裡都塞滿了肉。

郭大路只好自己接著道：「我在想，這碗麵的味道一定不錯。」

燕七嚥口麵湯把肉送下肚，才笑道：「答對了，我們真還很少吃到這麼好吃的麵。」

郭大路道：「你知不知道這碗麵爲什麼特別味道不同？」

燕七眨眨眼，道：「爲什麼？」

郭大路悠然道：「因爲這碗麵是用河裡的水煮的，洗馬桶的水味道當然特別不同了。」

燕七居然不動聲色，反而笑嘻嘻道：「就算是洗腳水煮的麵，也比餓著肚子沒有麵吃好。」

郭大路怔了半晌，忽然跳起來，張開雙手，大叫道：「我也要吃，非吃不可——誰再不讓我吃，我就要拚命了。」

## 三

林太平坐著在發怔。

他已回來了很久，發了半天怔，好像在等著別人問他：「怎麼會忽然失蹤？到哪裡去了？幹什麼去了？」

偏偏沒有人問他，就好像他根本沒有離開過似的。

林太平只有自己說出來，他先看了郭大路一眼，才緩緩道：「我剛才看到了一個人，你們永遠都想不到是誰。」

郭大路果然沉不住氣了，問道：「那個人我認不認得？」

林太平道：「就算不認得，至少總見過。」

郭大路道：「究竟是誰？」

林太平道：「我也不知道他是誰，因為我也不認得他。」

郭大路又怔住了，苦笑著道：「這人說的究竟是哪一國的話？你們誰能聽得懂他在說什麼？」

林太平也不理他，接著又道：「我雖不認得他的人，卻認得他那身衣服。」

郭大路忍不住又問道：「什麼衣服？」

林太平道：「黑衣服。」

郭大路笑了，道：「穿黑衣服的人滿街都是，我隨便從哪裡都能找到幾十個。」

林太平道：「除了他的衣服外，我還認得他的那柄劍。」

郭大路這才聽出點名堂來了，立刻追問道：「什麼樣的劍？」

林太平道：「一尺七寸長的劍，卻配著四尺長的劍鞘。」

郭大路吐出口氣，道：「你什麼時候看到他的？」

林太平道：「你們來的時候。」

郭大路忽然笑了，道：「你認為這件事很奇怪？」

林太平道：「你認為不奇怪？」

郭大路道：「他本來就是要到縣城裡來交差的，你若沒有在這裡看到他，那才奇怪。」

林太平道：「他本來應該將金獅子、棍子、鳳棲梧和那批賊贓都交到衙門裡去，是不是？」

郭大路道：「是。」

林太平道：「但衙門裡卻沒有聽說過這件事，這兩天根本沒有人押犯人來。」

郭大路這才覺得有點吃驚道：「你怎麼知道的？」

林太平道：「我已經到衙門裡去打聽過了。」

郭大路想了想，道：「也許他準備將犯人押到別的地方去。」

林太平道：「沒有犯人。」

郭大路皺眉道：「沒有犯人是什麼意思？」

林太平道：「沒有犯人的意思，就是金獅子、棍子、鳳棲梧，已經全不見了，那批賊贓也不見了，我一直追蹤到他落腳的地方，那地方只有他一個人。」

郭大路怔住了。

燕七和王動也怔住了。

林太平將郭大路面前的酒一飲而盡，淡淡道：「現在你認為這件事奇怪不奇怪？」

郭大路道：「奇怪。」

# 十　殺人與被殺

## 一

桌子已拉開，棉被已收走。

奎元館客人上座的時候已經快到了。但現在樓上卻還是只有他們四個人。四個人動也不動的坐在那裡，就像是四個木頭人。

會喝酒的木頭人。

壺裡的酒就像是退潮般消失了下去，大家你一杯，我一杯，自己倒，自己喝，誰也不去招呼別人。

然後燕七、王動、郭大路就像是約好了似的，同時大笑了起來。

他們就算是白癡，現在也知道這次又上了別人個大當。

那黑衣人根本就不是官差，也不是什麼提督老爺派來調查金獅子和棍子的密探，他也是黑吃黑。

被人騙得這麼慘，本是很惱火的事。

但他們卻認爲很可笑。

燕七指著郭大路，笑道：「王老大說的一點也不錯，該聰明的時候你反而糊塗了；不但糊塗，而且笨；不但笨，而且笨得要命。」

郭大路也指著他，笑道：「你呢？你也並不比我聰明多少。」

林太平一直在旁邊靜靜的看著他們，等他們笑聲停下來，才問道：「你們笑完了沒有？」

郭大路喘著氣，道：「還沒有笑完，只不過已沒力氣再笑。」

林太平道：「你們認為這件事很可笑？」

王動忽然翻了翻白眼道：「不笑怎麼辦？哭麼？」

這就是他們做人的哲學。

他們會笑，敢笑，也懂得笑。

笑不但可以令人歡愉，也可以增加你對人生的信心和勇氣。

「笑的人有福了，因為生命是屬於他們的。」

林太平看來卻笑不出。

郭大路道：「你為什麼不跟我們一樣笑？」

林太平道：「若是笑就能解決問題，我一定比你們笑得還厲害。」

郭大路道：「笑就算不能解決問題，至少總不會增加煩惱。」

他又笑了笑，接著道：「何況，你若學會了用笑去面對人生，漸漸就會發覺人生本沒有什麼真正不能解決的問題。」

林太平道：「無論你笑得多開心，還是一樣被人騙。」

郭大路道：「你不笑還是一樣被騙了，既然已被騙，為什麼不笑？」

林太平不說話了。

郭大路道：「你究竟有什麼問題？」

燕七道：「你為什麼對這件事如此關心？」

林太平沉默了半晌，道：「因為那人就是真的南宮醜。」

燕七道：「你怎麼知道？」

林太平道：「我就是知道。」

郭大路道：「南宮醜和你又有什麼關係？」

林太平道：「沒有關係——就因為沒有關係，所以我才要……」

郭大路道：「要怎麼樣？」

林太平道：「要殺了他。」

郭大路看看燕七，又看看王動，道：「你們聽見他說的話沒有？」

王動一動也不動。

燕七點點頭。

郭大路道：「這孩子說他要殺人。」

王動還是不動。

燕七又點點頭。

郭大路慢慢的回過頭，看著林太平。

林太平臉上一點表情也沒有。

郭大路道：「你剛才已看見他？」

林太平道：「是。」

郭大路忽然笑了，道：「那麼你剛才爲什麼不殺了他？」

林太平臉上還是一點表情也沒有，他臉上就像是戴上了個面具。

鐵青色的面具，看來幾乎已有點可怕。

他一字字道：「我已經殺了他。」

壺裡又添滿了酒，因爲王動吩咐過：「看到我們的酒壺空了，就來加滿。」

奎元館裡的伙計對王動很服貼。

每個人都瞪大了眼睛，望著酒壺。

郭大路忽然笑了笑，道：「酒不是用眼睛喝的。」

燕七道：「我的嘴很忙。」

郭大路道：「忙什麼？」

燕七道：「忙著把想說的話吞回肚子裡去。」

客人已漸漸來了，這裡已不是說話的地方。

郭大路端起酒杯，又放下，道：「郭大少難得請次客……」

燕七道：「這次便宜了你，我們走吧。」

林太平第一個站了起來，王動居然也站了起來。

郭大路的手已伸到他面前。

王動看看他，道：「你想幹什麼?想要我替你看手相?」

郭大路勉強笑了笑，道：「不必看了，我是天生的窮命，最要命的是，只要我一想請客，袋子裡就算有錢也會飛走。」

王動道：「你想問我借錢付賬?」

郭大路乾咳了幾聲，道：「你知道，我昨天晚上幹的是件很費錢的事。」

王動本來想笑的，但看了林太平一眼，卻嘆了口氣，道：「你找錯人了。」

郭大路愕然道：「你的錢也花光了?」

王動道：「嗯。」

郭大路道：「你……你怎麼花的?」

王動道：「我昨天晚上幹的也是件很費錢的事。」

郭大路道：「你在幹什麼?」

王動道：「世上只有一件事比找女人更費錢，那就是賭。」

郭大路道：「你輸光了？輸給了誰？」

王動道：「這飯舖裡的伙計。」

郭大路怔了半晌，忍不住笑了，道：「難怪他們對你這麼服貼，飯舖裡的伙計對冤大頭總是特別服貼的，何況，你若把錢輸給我，我也一樣服貼你。」

王動道：「冤大頭不止我一個。」

郭大路道：「還有誰？」

王動看看林太平，又看看燕七。

郭大路跳起來，道：「難道你們的錢都輸光了？」

沒有人出聲，沉默就是答覆。

郭大路又一屁股坐了下去，苦笑道：「如此說來，這些伙計豈非全發了財？」

王動道：「他們也發不了財——他們遲早也會輸給別人的。」

郭大路慢慢的點著頭，喃喃道：「不錯，來得容易去得快，怎麼來的怎麼去。」

王動道：「但我們對人類總算也有點貢獻。」

郭大路道：「什麼貢獻？」

王動道：「錢流通得愈快，市面愈繁榮，人類就是這樣進步的。」

郭大路想了想，苦笑道：「你說的話好像總有點道理。」

王動道：「所以你也不必難受。」

郭大路道：「我難受什麼？我又沒有輸……」

王動道：「抱歉的是我們把你的錢也一齊輸了。」

郭大路怔住。

王動道：「破廟裡的泥菩薩陪人睡覺，也不會收錢的。」

郭大路的眼睛慢慢的變圓了，道：「你們知道？……你們早就串通好了的？……偷我的小偷就是……」

他手指忽然直戳到燕七的鼻子上，大叫道：「就是你。」

燕七道：「答對了。」

郭大路一把揪住他衣襟，咬著牙道：「你為什麼做這種事？」

燕七不說話，臉卻似有點發紅。

王動淡淡道：「他也是為你好，他不想朋友得花柳病。」

郭大路的手慢慢放開，一屁股又坐到椅子上，手摸著頭，喃喃道：「天呀……天呀，你怎麼會讓我交到這種好朋友的？」

他忽又跳起來，咬著牙道：「你們既然知道四個人都已囊空如洗，為什麼還要在這裡大吃大喝？」

王動道：「為了要讓你高興。」

郭大路忍不住叫了起來，道：「讓我高興？」

王動道：「一個人請客的時候，總是特別高興的，是不是？」

郭大路雙手抱頭，道：「是是是，我真高興，真他媽的高興得不如死了算了。」

一個伙計忽然走過來，道：「王大哥不必爲付賬的事發愁，這裡的賬已算清了。」

郭大路嘆了口氣，道：「想不到這裡總算有個良心好的人。」

這伙計臉紅了紅，笑道：「我本來的確想替王大哥結賬，只可惜有人搶著先把賬會了。」

王動道：「是誰？」

這伙計道：「就是坐在那邊角上的那位客人。」

他回過身，想指給他們看，又怔住。

那邊角上的桌子上還擺著酒菜，人卻已不見了。

郭大路走在最後面，走了幾步，又回過頭，拍了拍那送客下樓的伙計肩膀，道：「我有件事想問問你。」

這伙計道：「請說。」

郭大路道：「你贏了這麼多錢，準備怎麼花呢？」

這伙計道：「我不準備花它。」

郭大路瞪著他，就好像忽然看到個聖人似的。

這伙計忽又笑了笑，道：「我準備用它作本錢，再去贏多些，最近我手氣不錯。」

郭大路還在瞪著他，忽然大笑，笑得彎下腰，差點從樓上滾下去。

他大笑著拍這伙計的肩，道：「好主意，好主意，就要這樣，人類才會進步，我代表天下的人感激你。」

這伙計還想問：「感激我什麼？」

郭大路卻已走下了樓。

這伙計嘆了口氣，搖著頭，喃喃道：「看來這些人不但是冤大頭，而且還是瘋子。」

以前有個很聰明的人說過一句很聰明的話：「被人當做冤大頭和瘋子，其實也是件很有趣的事，甚至比被人當做英雄聖賢更有趣。」

那伙計並不是聰明人，當然沒聽過這句話，就算聽過，也不會懂。

這句話其中的道理，本就很少有人能聽得懂的。

世上有兩種人。

一種人做的事永遠是規規矩矩、順理成章，他們做的事無論誰都能猜得出，都能想得通。

另一種人做事卻不同了，他們專喜歡做些神出鬼沒的事，非但別人想不通他們在做什麼，也許連他們自己都想不通。

王動就是這種人。

林太平也是。

但世人卻還有樣東西比這種人更神出鬼沒。

那就是錢。

你不想要錢的時候，它往往會無緣無故、莫名其妙的來了。

你最需要它的時候，卻往往連它的影子都看不到。

## 二

殺人是什麼滋味？

很少人知道。

一萬個人中，也許只有一個是殺過人的。

有人說：「不管殺人是什麼滋味，至少總比被人殺好。」

說這種話的人，他自己一定沒有殺過人。

也有人說：「殺人的滋味比死還可怕。」

說這種話的人，就算自己沒有殺過人，至少已經很接近了。

「你有沒有殺過人？」

「你怎麼殺他的？」

「你為什麼要殺他？」

林太平一直在等著他們問他這三句話。

他們沒有問。

王動、燕七、郭大路，三個人又好像約好了，連一句話都沒有問。

一路上三個人根本沒有開過口。

縣城距離那山城並不遠，但是不說話的時候就顯得很遠了。

郭大路嘴裡有一搭沒一搭的哼著小調，曲調也許已流傳很久，歌詞卻一定是他自己編的。

除了他之外，沒有人能編得出這種歌詞來。

「來的時候威風，去的時候稀鬆。來的時候坐車，去的時候乘風。來的時候鐺鐺響，去的時候已成空。來的時候……」

燕七忽然道：「你在唱什麼？」

郭大路道：「這叫『來去歌』，來來去去，一來一去，去的不來，來的不去。」

燕七忽地跟著他的調子唱道：「放的不通，通的不放，放放通通，一通一放。」

郭大路道：「放什麼？」

燕七道：「狗屁。這叫放狗屁。」

郭大路板著臉道：「你們用不著臭我，以前有人求我唱，我還懶得唱哩。」

王動點點頭，道：「我知道那些是什麼人。」

燕七眨眨眼，道：「是什麼人？」

王動道：「聾子。」

郭大路想板起臉，自己卻忍不住笑了。

林太平忽然冷笑，道：「聾子至少比那些裝聾作啞的人好。」

郭大路眨眨眼，道：「誰裝聾作啞？」

林太平道：「你，你，你。」

他用手指往他們三個人臉上一個個點了過去，接道：「你們心裡明明有話要問，爲什麼還不問出來？」

王動道：「不是不問，是不必問。」

林太平道：「爲什麼不必問？」

王動道：「那種人活著不嫌多，死了也不嫌少。」

郭大路道：「對，對，那種人死一個少一個，愈少愈好。」

他拍了拍林太平的肩，笑著道：「你既然沒有殺錯人，我們又何必問呢？」

林太平咬著牙，忽又道：「你們殺過人沒有？」

郭大路看看王動，王動看看燕七。

燕七苦笑道：「我只被人殺過。」

林太平忽然縱身向路旁掠了過去，剛落到樹後，哭聲已傳了出來。

燕七看看郭大路，郭大路看看王動。

王動道：「他以前沒有殺過人。」

郭大路點點頭，道：「這是他第一次殺人。」

燕七嘆了口氣，道：「原來殺人的滋味比被殺還難受。」

王動道：「南宮醜發現他在後面跟蹤，一定以為他已發現了黑吃黑的秘密，所以就先向他出手，想殺了他滅口。」

郭大路道：「誰知想殺人的，反而被殺了。」

燕七道：「林太平的武功好像比我們強得多，比南宮醜也強得多。」

郭大路嘆道：「這就叫做人不可貌相，海水不可斗量，我剛看到他的時候，還以為他連隻雞都抓不住。」

哭聲還沒有停。

燕七道：「想殺人的未必殺得了人，他雖然殺了人，卻不想殺人的。」

郭大路道：「我們去勸勸他好不好？」

王動道：「不好。」

郭大路道：「為什麼？」

王動道：「哭雖然沒有笑好，但一個人偶爾能大哭一場也不錯。」

郭大路嘆道：「我還是寧可笑，一個人要笑的時候，至少用不著躲在樹後頭。」

燕七也嘆了口氣，道：「而且你無論怎麼笑都不必怕人家來看熱鬧。」

你愈怕別人看熱鬧，愈有人來看熱鬧。

現在還沒有天黑，路上的人還很多，有的人已停下腳，直著脖子往這邊瞧，有的人甚至已走了過來。

郭大路擦了擦汗，苦笑著悄悄道：「我只希望別人莫要懷疑他是被我們欺負哭的。」

沒有人「懷疑」。

每個人簡直都已確定了。

看到這些人的眼色，燕七也不禁擦了擦汗，道：「你趕快想法子把他勸走好不好？」

郭大路苦笑道：「我沒那麼大本事，我最多也不過只能挖個洞。」

燕七道：「挖個洞幹什麼？」

郭大路道：「好鑽到洞裡去，也免得被人家這麼樣死盯著。」

燕七嘆道：「你最好挖個大點的。」

郭大路恨恨道：「你們若是少輸些，若是沒有輸光，我們至少還能僱輛車，讓他坐在車裡去哭個痛快。」

這句話剛說完，居然真的就有輛很漂亮的馬車駛了過來，而且就停在他們面前。

燕七瞟了王動一眼，悄悄道：「我們最後那一把的確不該賭的，既然已輸定了，就不該想翻本。」

王動淡淡道：「賭錢的人若不想翻本，靠賭吃飯的人早就全都餓死，你總不至於想看人餓死吧。」

那馬車的車伕忽然跳下車，走到他們面前，陪著笑道：「哪位是郭大爺？」

郭大路道：「誰找我？找我幹什麼？」

車伕躬身道：「請郭大爺上車。」

郭大路道：「我不喜歡坐車，我喜歡走路。」

車伕陪笑道：「這輛車是郭大爺的朋友特地僱來的，車錢早已付過了。」

郭大路怔了怔，道：「誰僱的？」

車伕笑道：「那是郭大爺的朋友，郭大爺不認得，小人怎麼會認得？」

郭大路想了想，忽然點點頭，道：「我想起他是誰了，他是我的乾兒子。」

一坐上車，林太平就不哭了，只是坐在那裡呆呆的發怔。

郭大路也在發怔。

燕七忍不住問道：「你真有乾兒子？」

郭大路苦笑道：「我有個見鬼的乾兒子。我就算想做人家的乾兒子，人家也嫌我太窮，哪有人肯做我的乾兒子？」

燕七皺眉道：「那麼僱車的人是誰呢？」

郭大路道：「八成就是那個在奎元館替我們會賬的人。」

燕七道：「你瞧見那人沒有？」

郭大路嘆道：「那時別人不看我，已經謝天謝地了，我怎麼還敢去看別人？」

一個人要付賬，口袋裡卻沒錢的時候，的確連頭都抬不起來的。

燕七道：「你呢？」

他沒有問林太平，問的是王動。

林太平那時當然也沒有心情去注意別人。

王動笑了笑，道：「那時我只顧著看郭大少臉上的表情，我從來也沒有看過他那麼可愛。」

郭大路瞪了他一眼，道：「我只恨沒有看到你把錢輸光時的樣子，你那時臉上的表情一定也很可愛。」

於是燕七也開始發怔，他自己也沒看見替他們付賬的是誰。

王動道：「那車伕找的是郭大少，那人一定是郭大少的朋友。」

郭大路嘆了口氣，道：「我可沒有那麼闊的朋友，我的朋友中，最闊的就是你。」

王動道：「我很闊？」

郭大路道：「你至少還有棟房子，雖然是人厭鬼不愛的房子，但房子總歸是房子。」

王動淡淡道：「你若喜歡，我就送給你吧。」

郭大路道：「我不要。」

王動道：「爲什麼不要？」

郭大路笑道：「我現在身無長物，囊空如洗，樂得無牽掛，不像你們，還要爲別的事擔心。」

燕七道：「王老大還有棟房子可擔心，我有什麼好擔心的？」

郭大路上上下下瞟了他一眼，笑道：「你至少還有身新衣裳，做事的時候就免不了要擔心會不會把衣服弄髒，坐下來的時候免不了要看看地上有沒有泥巴，怎及得我這樣自由自在。」

燕七凝視著他，道：「這世上真的沒有一個你關心的人？沒有一樣你關心的事？」

郭大路忽然不說話了，目中間似乎露出了一絲悲傷之色。

燕七忽然發現這人也許並不像表面看來那麼開心，說不定也有些傷心事，只不過他一直隱藏得很好，從不讓別人知道。

他只讓別人知道他的快樂，分享他的快樂。從不願別人來分擔他的痛苦和憂鬱。

燕七看著他，一雙眸子忽然變得分外明亮。

他和郭大路相處得愈久，愈覺得郭大路確實是個很可愛的人。

也不知過了多久，王動忽然長長嘆息了一聲，道：「快到了，快到家了。」

他嘆息聲中充滿了歡愉滿足之意。

往窗外望出去，已可看到那小小的山坡。

郭大路也忍不住長長嘆了口氣，道：「看來無論是金窩銀窩，也比不上你那狗窩。」

王動瞪眼道：「我的狗窩？」

郭大路笑了，道：「我們的狗窩。」

## 三

黃昏。

夕陽滿山。

半枯的秋草在夕陽下看來宛如黃金，遍地的黃金；石板砌成的小徑斜向前方伸展，宛如黃金堆中的一串白玉。

風在吹，鳥在啼，秋蟲在低語，混合成一種比音樂還美妙的聲音，它美妙得宛如情人的耳畔低語。

滿山瀰漫著花的香氣、草的香氣、風的香氣。甚至連夕陽都彷彿被染上了芬芳，芬芳得宛如情人鬢邊的柔髮。

人生原來竟如此芬芳，如此美妙。

郭大路長長嘆了口氣，大笑道：「我現在才知道窮原來也是件很開心的事。」

燕七道：「開心？」

郭大路說道：「有錢人有幾個能享受到這樣的美景？能呼吸到這樣的香氣？他們只能聞得

到銅臭氣。」

燕七也笑了。

郭大路忽然發覺他的笑容如夕陽般燦爛，忍不住笑道：「我現在才發現你一點也不醜，只不過有時的確太髒了些。」

燕七這次居然沒有反唇相譏，反而垂下了頭。他本來並不是這麼好欺負的人，是什麼令他改變了的？

是這夕陽？是這柔風？還是郭大路這明朗的笑臉？

王動忽然道：「有錢也並不是壞事。」

郭大路道：「窮呢？」

王動道：「窮也不壞。」

郭大路道：「什麼才壞？」

王動道：「什麼都不壞，壞不壞只看你這個人懂不懂得享受人生。」

郭大路仔細咀嚼著他這句話，心中忽然充滿了溫暖、幸福，和滿足。

他滿足，只因他能活著。

他活著，就能享受人生——如此美妙的人生。

所以，朋友們，你絕不要爲有錢而煩惱，更不要爲窮而煩惱。

只要你懂得享受人生，你就算沒有白活。

那麼有天你就算死了，也會死得很開心。

因為你活得也比別人開心。

馬車不能上山，他們就走上山。

他們走得很慢。

因為他們知道無論走得多慢，總還是會走到的。

天已漸漸黑了。

他們也絕不擔心。

因為他們知道天很快還會亮的。

所以他們心中充滿了歡愉，就連林太平眼睛都明亮了起來。

他們終於看到了王動那棟房子，雖然是棟又舊又破的房子，但在這夕陽朦朧的黃昏時看來，也美麗得有似宮殿。

每個人都有座宮殿，他的宮殿就在他心裡。

奇怪的是，有些人卻偏偏找不到。

王動尖銳的面容也變得柔和起來，忽然笑了笑，問道：「你們猜猜，我回去後，第一件事想幹什麼？」

郭大路和燕七同時搶著道：「上床睡覺。」

王動道：「答對了。」

但人生中時常也會發生意外的。

他們還沒有走到那棟屋子，忽然看到窗子裡亮起了燈光。

開始時是對著門的那扇窗子。

然後每扇窗子都接著有燈光亮起。

燈光明亮。

他們又怔住。

燕七道：「屋子裡有人。」

郭大路道：「會不會有朋友來看你？」

王動道：「本來是有的，自從我將最後一張椅子賣掉了後，朋友就忽然全都不見了。」

他淡淡的笑了笑，接著道：「他們也許全都和我一樣懶，怕來了之後沒地方坐。」

這淡淡的笑容，正象徵著他對人生瞭解得多麼深刻。

所以他對任何人都沒有很大的要求。

他給的時候，從沒有想到要收回來——這也許就是他爲什麼活得比別人快樂的原因之一。

燕七皺眉道：「那麼，是誰點的燈呢？」

郭大路笑道：「我們何必猜？只要進去看看，豈非就知道了？」

這本來也是種很正確的態度，但這次卻錯了。

他們進去看了，還是不知道。

# 十一 來路不明的書生

屋子裡沒有人。

燈光就像是自己燃著的。

嶄新的銅燈，亮得像黃金。

嶄新的銅燈擺在嶄新的梨花木桌上，嶄新的桌子擺在嶄新的波斯地氈上，銅燈旁邊還有鮮花——

什麼都有。

只要是你能在一間屋子裡看到的東西，這屋子裡就樣樣俱全。

這裡就像是出現了奇蹟。

唯一還沒有改變的，就是王動的那張大床。

但床上也換了嶄新的被褥，被上還繡著花朵。

郭大路站在門口，看得眼珠子都快掉了下來，喃喃道：「我們是不是走錯了地方？」

燕七苦笑道：「沒有走錯，別的地方絕沒有這麼大的床。」

郭大路嘆道：「看來這地方真像是有神仙來照顧過了，不知道是不是女神仙？」

燕七道：「看來王老大一定也和董永一樣，是個孝子，感動了天上的仙子。」

郭大路道：「仙子說不定是來找我的，我也是個孝子。」

燕七道：「你是個傻子。」

他們嘴裡雖這麼樣說，心裡卻都已明白，一定有個人將這些東西送來，這人也許就是那在奎元館替他們付賬的人。

他們這麼說，只不過是在掩飾心裡的驚疑和不安。

因爲他們猜不出這人是誰，更猜不出這人爲什麼要做這些事。

王動慢慢的走到床邊，慢慢地脫下鞋子，很快的躺了下來。

他無論做什麼事時，都慢條斯理，一點也不著急，只有躺下去時，卻快得很，快得要命。

郭大路皺眉道：「你就這樣睡了麼？」

王動打了個呵欠，呵欠就算他的回答。

郭大路道：「你知不知道這些東西是誰送來的？」

王動道：「不知道。我只知道累了就要睡覺。」

這些東西是仙女送來的也好，是惡鬼送來的也好，他都不管。就算天下所有的仙女和惡鬼全都來了，也不能叫他不睡覺。

他只要一閉上眼睛，好像就立刻能睡得著。

郭大路嘆了口氣，道：「我倒還真佩服他。」

燕七咬著嘴唇，道：「我到後面的院子去看看，也許人在那裡。」

後面的院子裡還有排屋子，就是那天酸梅湯他們住的地方。

前面這排屋子除了正廳和花廳外，還有七八間房，除了王動睡的這間外，還有三間屋子裡也擺著很舒服的床。

郭大路喃喃道：「他居然還知道我們有四人住在這裡，想得倒真週到。」

突聽燕七在後面院子裡大叫道：「你們快來看看，這裡有個……有個……」

有個什麼東西，他竟好像說不出來。

郭大路第一個衝出去，林太平也在後面跟著。

院子裡已打掃得乾淨，居然還不知從哪裡移來幾竿修竹，一叢菊花，燕七正站在菊花叢中，看著樣東西發呆。

他看著的赫然是口棺材。

嶄新的棺材。

棺材頭上彷彿刻著一行字，仔細一看，上面刻的赫然竟是「南宮醜之柩」。

林太平突然全身冰冷，連嘴唇上的血色都褪得乾乾淨淨。

郭大路心裡也有點發毛，忍不住問道：「你在什麼地方殺他的？」

林太平道：「就……就在外面。」

郭大路道：「什麼地方外面？」

林太平道：「他住的屋子外面。」

郭大路道：「你殺了他後，有沒有把他的屍體埋起來？」

林太平咬著嘴唇，搖搖頭。

郭大路嘆道：「你倒真是管殺不管埋。」

林太平的樣子就好像又要哭出來了。

燕七道：「無論誰第一次殺人的時候，都難免心慌意亂，殺人之後只怕連看都不敢再看一眼，哪裡顧得了別的。」

郭大路道：「你這倒好像是經驗之談。」

燕七道：「你莫忘了，我雖然沒有殺過人，至少被人殺過。」

郭大路嘆了口氣，道：「你殺他的時候，旁邊還有沒有別的人？」

林太平又搖搖頭。

郭大路道：「若沒有別人，是誰把他屍身裝進棺材裡的？這棺材又是誰送來的？」

他忽然笑了笑，又道：「總不會是他自己跳進棺材，再將棺材送來的吧。」

郭大路有個毛病，無論什麼時候都忍不住要開開玩笑。

他自己也知道玩笑開得並不妙。

林太平的臉色變得更慘，咬著嘴唇，吶吶道：「我……我本不是……」

這句話還沒有說完，棺材裡忽然「咚」的一響。

接著，又是「咚」的一響。

燕七和郭大路的臉色也不禁變了。

「莫非棺材裡的死人已還魂？」

郭大路拍了拍林太平的肩，勉強笑道：「用不著害怕，他活著時我們都不怕，死了怕什麼？」

燕七道：「既然不怕，就索性打開棺材，讓他出來吧。」

他好像真的要去將棺材打開。

郭大路忍不住道：「等一等。」

燕七道：「你不是不怕的嗎？」

郭大路道：「我當然不怕，只不過……只不過……」

「咚，咚咚！」這次棺材裡竟一連串的響了起來，而且聲音比剛才更大，真的好像死人急著要出來。

膽子小的人，此刻只怕早已被嚇得落荒而逃了。

林太平忽然道：「讓我來開這口棺材，他反正是來找我的。」

郭大路道：「你不能去，還是讓我來。」

他嘴裡說著話，人已跳了過去。

吉。

其實他心裡也很怕，也許比別人還怕得厲害，這若是他自己的事，說不定他早已溜之大吉。

但林太平是他的朋友，只要是朋友的事，他就算怕得要命也會硬著頭皮挺上去。

燕七瞧著他，目光又變得很溫柔，忽然道：「你不怕被鬼抓去？」

郭大路道：「誰說我不怕的？」

他嘴裡在說「怕」，手已將棺材蓋起。

「颼」的，一樣活生生的東西從棺材裡竄了出來。

郭大路就算真的膽大包天，也忍不住叫了出來。

從棺材裡跳出來的這樣東西也在叫，「汪汪汪」的叫。

是條狗，黑狗，活生生的黑狗。

郭大路怔在那裡，擦著汗，想笑，卻笑不出口，過了很久，才長長吐出口氣，苦笑著道：「這玩笑實在開得不高明，只有白癡才會開這種玩笑。」

燕七道：「他絕不是白癡，也絕不是在開玩笑。」

郭大路道：「不是玩笑，是什麼？」

燕七道：「這人不但知道林太平殺了南宮醜，而且還知道林太平住在這裡。」

郭大路嘆道：「他知道的事確實不少，可是他爲什麼要這樣做的？」

燕七也嘆了口氣，道：「也許他另有用意，也許他只不過吃飽了飯沒事做而已；不管是爲了什麼，他既然已做了就絕不會停止。」

郭大路道：「你認爲他一定還要再做些別的事？」

燕七點點頭，道：「所以我們只要能沉住氣，就一定能等得到他的。」

他也拍了拍林太平的肩，笑道：「所以我們現在還是去睡吧，放著那麼舒服的床，不睡才真的是白癡。」

只聽王動的聲音遠遠從屋子裡傳出來，道：「答對了。」

第二天早上郭大路是被一串鈴聲吵醒的。

他醒的時候，鈴聲還在「叮叮噹噹」的響，好像是從花廳那邊傳過來的。

每個人起床時火氣總比平時大些，尤其是被人吵醒的時候。

這就叫做「下床氣」。

郭大路忍不住吼了起來，道：「是誰在窮搖那鬼鈴鐺？手癢麼？」

他叫的時候，好像聽到王動也在叫。

鈴聲卻還是不停。

郭大路跳起來，赤著腳衝出去，喃喃地道：「一定是燕七那小子，他的手好像隨時隨地都會癢。」

只聽一人笑道：「我的手癢時只想打人，卻絕不搖鈴。」

燕七也出來了，身上的衣服居然已穿得整整齊齊。

這人就好像每天都是穿著衣服睡覺的。

郭大路揉了揉眼睛，作了個苦笑，又皺著眉說道：「總不會是林太平吧，除非他真的是被鬼迷住了。」

鈴聲還在響。

這時他們聽得很清楚，的確是從花廳裡傳出來的。

兩個人對望了一眼，同時衝了進去。

林太平的確在花廳裡，但搖鈴的卻不是他。

他只不過站在那裡發怔，搖鈴的是條貓。

黑貓。

一個鈴鐺用繩子吊在花架下，繩子的另一頭就綁在這黑貓的腳上。

黑貓不停的跳，鈴鐺不停的響。

花廳中的桌子上擺著一大桌的東西，都是吃的東西，有雞、有鴨、有包子、有饅頭，還有一大罈酒。

黑貓搖鈴，原來是叫他們來吃早飯。

郭大路忍不住又揉揉眼睛，道：「我的眼睛有毛病麼？」

燕七道：「你的眼睛只有在看到女人時，才會有毛病。」

郭大路苦笑道：「也許這是條女黑貓。」

燕七道：「是公的。」

郭大路道：「你怎麼知道？」

燕七道：「因爲牠看來並不喜歡你。」

郭大路眨眨眼，道：「就算是母的，也不會喜歡我，喜歡的一定是王老大。」

這次輪到燕七不懂了，忍不住問道：「爲什麼？」

郭大路道：「母貓都喜歡懶貓。」

突聽王動的聲音在後面道：「我看這條貓一定是母的。」

這次郭大路和燕七都不懂了，幾乎同時問道：「爲什麼？」

王動道：「因爲牠會做飯。」

貓當然不會做飯。

郭大路撕下條雞腿，塞進嘴裡，又拿出來，道：「雞還是熱的。」

燕七道：「包子也是熱的。」

郭大路道：「看來這些東西送來還不久。」

燕七道：「答對了。」

郭大路道：「是誰送來的呢？難道也是那個在奎元館替我們付錢的人？」

燕七道：「又答對了。」

郭大路道：「他爲什麼要這樣拍我們的馬屁，難道真是我乾兒子？」

燕七道：「咪咪……咪咪……」

郭大路道：「你幾時變成一條貓了，我可聽不懂貓說的話。」

燕七「噗哧」一笑，道：「我是在跟你的乾兒子說話。」

他將每樣東西都撕了一點，放在盤子上，那黑貓已跳了過來，燕七輕輕撫著牠脖子上的毛，道：「這些東西都是你送來的，你自己先嚐點吧。」

郭大路也笑了，道：「這人好孝順，看來倒好像是這條貓的乾兒子。」

其實他當然也知道燕七這樣做是爲了要試試這些東西裡有沒有毒。

燕七做事好像總是特別細心，看來卻偏偏又不像是個細心的人。

細心的人沒有那麼髒的，他簡直就從來不洗澡。

食物中沒有毒，郭大路的雞腿已下了肚。

燕七道：「看來這人對我們倒沒有什麼惡意，只不過有點毛病而已。」

郭大路道：「不是有點毛病，是有很多毛病，毛病不大的人，怎麼會做這種事？」

他吞下個包子，忽又道：「這人一定是個女的。」

燕七道：「你怎麼知道？」

郭大路道：「只有女人才會做這瘋瘋癲癲的事。」

燕七咬著嘴唇，居然也點了點頭，才說道：「她這麼樣做，說不定是因爲看上了你，要討好你，因爲……」

郭大路笑了，忍不住問道：「因爲什麼？因爲我很有男子氣？還是因爲我長得俊？」

燕七道：「都不是。」

郭大路道：「是因爲什麼呢？」

燕七淡淡道：「只不過因爲她是個瘋瘋癲癲的女人，也只有瘋瘋癲癲的女人才會愛上你。」

郭大路想板起臉，卻又忍不住笑了，道：「瘋女人至少總比沒有女人好。」

窗外陽光普照大地，在這種天氣裡，別人無論說什麼他都不會生氣，尤其不會對燕七生氣。

他漸漸覺得自己在這堆朋友中最喜歡的就是燕七。

他喜歡燕七。

奇怪的是，燕七卻偏偏好像處處都要跟他作對，隨時隨地都要找機會臭臭他。

更奇怪的是，燕七愈臭他，他愈喜歡燕七。

王動總是在旁邊看著他們臭來臭去，他看著他們的時候，眼睛裡總是有種很特別的笑意。

郭大路的手剛將包子送到嘴裡去，就去拿酒杯。

燕七瞪了他一眼，道：「酒鬼，你難道就不能等到天黑再喝酒嗎？」

郭大路笑了笑，居然將酒杯放下來，喃喃地道：「誰說我要喝酒，我只不過是想用酒來漱漱口而已。」

就在這時，他們忽然聽到外面有人在曼聲長吟：「遠上寒山石徑斜，白雲深處有人家，停車坐看楓林晚，霜葉紅於二月花……好一片風光呀，好一處所在。」

郭大路又笑笑，道：「來了個酸丁。」

王動道：「不是一個，是三個。」

郭大路道：「你怎麼知道？」

王動還沒有說話，外面果然有另一人的聲音道：「公子既然喜歡這裡，咱們不如就在這裡歇下吧，我走得腿都酸了。」

又有一人道：「不知道這家的主人是誰？肯不肯讓我們進去坐坐？」

這兩人的聲音聽來還是孩子，但孩子也是人，來的果然是三個人。

郭大路嘆了口氣，道：「好靈的耳朵，雖然只不過是條懶貓，耳朵還是比人靈。」

「咪」的一聲，那黑貓已竄了出去。

貓的耳朵果然特別靈，連王動自己都不禁笑了。

只聽那位公子道：「高門掩而不閉，靈奴已來迎客，看來這家主人不但好客，而且，還必定風雅得很……風雅得很。」

郭大路忍不住笑道：「風雅雖未必，好客卻倒是真的。」

他第一個迎了出去。

旭日新鮮得像剛出爐的饅頭，令人看了不由自主從心底升出一種溫暖之意。

在這麼好的天氣裡，無論誰都會變得分外友善的。

郭大路臉上帶著友善的微笑，望著門外的三個人。

兩個垂髫童子，一個揹著個書箱，一個挑著擔子，站在他們主人身後；兩張小臉被曬得好像是個熟透了的蘋果。

他們的主人是個文質彬彬的書生，年紀並不太大，長得非常英俊，而且風度翩翩，溫文有禮。

這麼樣三個人，無論誰看到都不會討厭的。

郭大路笑道：「你們是遊山來的？倒真的選對了天氣。」

書生長揖，道：「小可無端冒昧，打擾了主人清趣，恕罪恕罪。」

郭大路道：「也不是主人，是客人，所以我才知道這裡的主人好客。」

書生笑道：「卻不知主人在何處？是否能容小可一見？」

郭大路道：「這裡的主人雖好客，卻有點病。」

書生道：「不知主人有何清急？小可對歧黃之道倒略知一二。」

郭大路笑道：「他的病你只怕是治不好的，他得的是懶病。你若想見他，只好自己進去。」

書生微笑道：「既然如此，就恭敬不如從命了。」

他走路也很斯文，簡直有點弱不禁風的樣子，但那兩個垂髫童子身上揹的書箱和擔子卻好像不太輕。

挑擔子的一個走在最後面，一路走，擔子裡一路叮叮的響。

郭大路摸了摸他的頭，道：「你這擔子裡裝的是什麼呀？重不重？」

這孩子眼睛眨眨，道：「不太重，只不過是些酒瓶子，茅台酒都是用瓶子裝的；我們公子最愛喝酒，還喜歡作詩，我不會作詩，我只會喝酒。」

郭大路笑了，問道：「你也會喝酒？你多大年紀了呀？」

這孩子道：「十四了，明年就十五。我叫釣詩，他叫掃俗，我們家公子姓何，人可何，我們是從大名府來的。因爲我們的主人喜歡遊山玩水，所以我們成年難得在家裡。」

郭大路每問一句話，這孩子至少要回答七八句。

郭大路愈看愈覺得這孩子有趣，故意逗著他，又問道：「你爲什麼叫釣詩呢？詩又不是魚，怎麼能釣得起來。」

釣詩撇了撇嘴，好像有點看不起他，道：「這典故你都不懂嗎？因爲酒的別名又叫做『釣詩鈎』，我總是替公子揹酒，所以叫釣詩，因爲讀書能掃掉人肚子裡的俗氣，所以他叫做掃俗。」

他上上下下瞧了郭大路幾眼，又道：「你大概沒有唸過什麼書吧？」

郭大路大笑，道：「好孩子，果然是強將手下無弱兵，不但能喝酒，還很有學問。」

他大笑著又道：「我書雖唸得不多，酒卻喝得不少，你想不想跟我喝幾杯？」

釣詩道：「你酒量若真的好，爲什麼不敢跟我們公子喝酒去？」

郭大路這才發現那何公子早已進了花廳，已開始和王動他們寒暄起來，從窗口看進去，可以看到王動和林太平對他也很有好感。

燕七卻有點心不在焉的樣子，不時扭過頭往窗子外面看。

郭大路一看到他，他就站了起來，一面背對著別人向郭大路悄悄打了個手式，一面往外邊走。

他走出花廳時，郭大路迎了上去，道：「你找我有事？」

燕七白了他一眼，道：「你爲什麼好像總是長不大似的？跟孩子聊得反而特別起勁。」

郭大路笑道：「那孩子的一張嘴比大人還能說會道，有時你若跟孩子們聊聊，就會發現自己也好像變得年輕起來。」

燕七沒有說話，卻沿著長廊，慢慢的向後院走了過去。

郭大路也只好跟著他走，忍不住問道：「你有話要跟我說？」

燕七又走了段路，才忽然回頭，道：「你看這位何公子怎麼樣？」

郭大路道：「看來他倒是個很風雅的人，而且據說還很能喝酒。」
燕七沉吟道：「你想他會不會就是那……」
郭大路眼睛一亮，搶著道：「就是那在奎元館替我們付賬的人？」
燕七點點頭，道：「你想可不可能？」
郭大路道：「嗯，我本來沒有想到這點，現在愈想愈有可能。」
燕七道：「這地方又沒有什麼名勝風景，遊山的人怎麼會遊到這裡來？而且遲不來，早不來，恰巧在今天早上來。」
郭大路道：「世上湊巧的事本來很多，但這件事的確太巧了些。」
燕七道：「你以前有沒有見過他？」
郭大路道：「沒有。」
燕七道：「你再想想。」
郭大路道：「用不著再想，這樣的人我若見過，一定不會忘記。」
燕七咬著嘴唇，道：「看王老大和林太平的樣子，好像也不認得他。」
郭大路道：「他叫什麼名字？」
燕七說道：「他自己說他叫何雅風，但也可能是假名。」
郭大路道：「他爲什麼要用假名字？難道你認爲他對我們有惡意？」
燕七道：「到目前爲止，倒看不出有什麼惡意。」

郭大路道：「非但沒有惡意，簡直可以說對我們太好了，好得已不像話。」

燕七道：「就因爲他對我們太好，所以我才更覺得懷疑——一個人若是對別人好得過了份，多少總有些目的。」

郭大路忽然笑了笑。

燕七道：「你笑什麼？」

郭大路道：「我在想，一個人『做人』實在很難，你若對別人太好，別人會懷疑你有目的；你若對別人太壞，別人又會說你是混蛋。」

燕七瞪了他一眼，道：「我就知道你一定會幫著他說話的。」

郭大路道：「爲什麼？」

燕七道：「因爲他也能喝酒，酒鬼總認爲一個人只要能喝酒，就絕不會是壞人。」

郭大路笑道：「這倒是實話，喝酒痛快的人，心地總比較直爽些，你絕不會看到喝醉酒的人，還在打主意害人的。」

燕七道：「他並沒有醉。」

郭大路道：「快醉了——我現在就打算進去把他灌醉。」

他笑了笑，又道：「只要他一喝醉，就不怕他不說實話。」

燕七忽然也笑了笑。

郭大路道：「你笑什麼？」

燕七道：「我在想，你這人至少還有樣別人比不上的長處。」

郭大路笑道：「我的長處至少有三百多種，卻不知你說的是哪一種？」

燕七道：「你隨時隨地都能把握住機會。」

郭大路道：「什麼機會？」

燕七道：「喝酒的機會。」

郭大路弄錯了一件事──人清醒時有很多種，所以喝醉了時也並不完全一樣，並不是都像他自己那樣，只要一喝醉，就把心裡的話全說出來。

有的人喝醉了喜歡吹牛，喜歡胡說八道，連他自己都不知道在說什麼，等到清醒時早已忘得乾乾淨淨。

還有的人喝醉了根本不說話。

這種人喝醉了也許會痛哭流涕，也許會哈哈大笑，也許會倒頭大睡，但卻絕不說話。

他們哭的時候如喪考妣，而且愈哭愈傷心，哭到後來，就好像世上只剩下了他這麼樣一個可憐人。

你就算跪下來求他，立刻給他兩百萬，他反而會哭得更傷心。

等他清醒時，他再問他為什麼要哭，他自己一定也莫名其妙。

他們笑的時候，就好像天上忽然掉下了滿地的金元寶，而且除了他之外，別人都撿不到。

就算他的家已被燒光了，他還是要笑。你就算「劈劈拍拍」給他十幾個大耳光，他也許笑得更起勁。

他們只要一睡著，那就更慘，就算全世界的人都來踢他一腳，也踢不醒，就算把他丟到河裡，他還是照睡不誤的。

何雅風恰巧就是這種人。

開始的時候，他好像還能喝，而且喝得很快，不停的把酒一杯又一杯往嘴裡倒，但忽然間，你剛眨了眨眼，他已經睡著了。

他一睡著，郭大路就笑。

燕七恨恨道：「你也喝醉了麼？」

郭大路道：「我醉？你看，我有沒有一點喝醉的樣子？」

燕七道：「沒有一點，有八九點。」

郭大路道：「你錯了，我現在清醒得簡直就像孔夫子一樣。」

燕七道：「你笑得卻像是土狗。」

郭大路道：「我只不過笑他，還沒開始，他已經被我灌醉了。」

燕七道：「你還記不記得爲什麼要灌他酒？」

郭大路道：「當然記得，我本來是想要叫他說實話的。」

燕七道：「他說了嗎？」

郭大路道：「說了。」

燕七道：「說了？說了什麼？」

郭大路道：「他說，他若對我們有惡意，就不會喝醉，醉得像死豬一樣。」

燕七上上下下的看著他，搖著頭道：「有時我真看不透你，究竟是喝醉了？還是很清醒？」

郭大路嘻嘻的笑，看著王動。

王動道：「你看我幹什麼？」

郭大路笑道：「我在等著你說話，現在豈非已輪到你說話的時候了。」

王動道：「你要我說什麼？」

郭大路道：「說我清醒的時候也醉，醉的時候反而清醒。」

王動也忍不住笑了，這的確是他說話的口氣。

郭大路道：「我答對了麼？」

王動笑道：「答對了。」

後院那排屋子裡，也擺了兩張床。

這兩張床好像就是爲喝醉了的客人準備的。

何雅風就像是個死人般被抬到這張床上。

郭大路笑道：「他今天來，還是算來對了時候，若是前兩天來，就只好睡地板。」

王動道：「我只望他這一覺能睡到明天天亮。」

郭大路道：「為什麼？」

王動道：「免得我們去當東西。」

郭大路道：「為什麼要當東西？」

王動道：「請客人吃晚飯。」

郭大路笑道：「也許我們用不著當東西，只等著貓兒搖鈴就行了。」

燕七道：「你認為晚飯還會有人送來？」

郭大路道：「嗯。」

燕七忍不住笑道：「你簡直好像已經吃定他了。」

郭大路大笑道：「一點也不錯，我已經準備吃他一輩子，要他養我的老。」

他聲音說得特別高，好像故意要讓那人聽到。

那人是不是一直躲在暗中偷看著他們？

那人是不是何雅風？是不是喝醉了？

醉得快的人，往往醒得也快。

還沒到黃昏，那兩個孩子忽然從後院跑到前面來，恭恭敬敬的站在他們面前，恭恭敬敬的送上了份請帖。

釣詩道：「我們家公子說今晨叨擾了各位，晚上就該他回請，務必請各位賞光。」

郭大路看了王動一眼，擠了擠眼睛。

王動喃喃道：「看來用不著等貓搖鈴了。」

釣詩沒聽見他在說什麼，就算聽見，也聽不懂，忍不住問道：「王大爺在說什麼？」

郭大路不等王動開口，已搶著道：「他說我們一定賞光。」

燕七嘆了口氣，搖搖頭，道：「這人的臉皮倒真不薄。」

釣詩忽然眨眨眼，又問：「這位大爺在說什麼？」

郭大路又搶著道：「他說我們馬上就去。」

# 十二　郭大路的拳頭

## 一

釣詩笑道：「既然如此，我們就得回去準備了。」

郭大路道：「快去，愈快愈好。」

釣詩恭恭敬敬的行了個禮，忽然也向掃俗擠了擠眼睛，悄悄道：「拿來。」

掃俗瞪了他一眼，哼道：「你急什麼，算你贏了就是。」

這次郭大路忍不住問道：「你說什麼？」

釣詩搶著道：「他什麼也沒有說。」

他拉著掃俗就想溜，掃俗看來卻比較老實，而且好像很著急，紅著臉道：「我跟他打賭，輸給他一吊錢，他逼著問我要。」

郭大路道：「怎麼輸的？」

掃俗道：「我生怕各位不肯賞光，他卻說……」

他眼睛瞟著郭大路，忽然搖搖頭，道：「他說的話，我不敢說。」

郭大路道：「你只管放心說，絕對沒有人怪你。」

掃俗眼珠子直轉，道：「若是有人怪我呢？」

郭大路道：「那也沒關係，我保護你。」

掃俗這才笑道：「他說，就算別人不好意思，大爺你也一定會去的；因爲這些人裡面，就數大爺你的臉皮最厚。」

他話剛說完，已拉著釣詩溜之大吉。過了很久，還可以聽到他們在吃吃的笑。

郭大路又好氣，又好笑，喃喃道：「原來這小鬼也不老實，居然會繞著圈子罵人。」

燕七忍不住笑道：「其實他這也不能算罵人，只不過在說實話而已。」

王動道：「其實他也不能算是臉皮厚，只不過是人窮志短……」

燕七接著道：「而且是餓死鬼投胎。」

郭大路也不生氣，悠然道：「好，我又窮，又餓，又厚臉皮，你們都是君子。」

他忽然冷笑了兩聲，道：「但若不是我這個厚臉皮，你們這些僞君子，今天晚上就要上當鋪、出洋相。」

燕七道：「人家到底是客人，你怎麼好意思去吃人家的？」

郭大路冷冷道：「他到底還是個人，吃他至少總比吃貓的好；一個人若連貓送來的東西都吃得不亦樂乎，還有什麼臉擺架子？」

王動道：「誰擺架子？我只不過想要他把酒菜送到這裡來而已。」

## 二

菜不多，酒倒真不少。

菜雖然不多，卻很精緻，擺在一格格的食盒裡，連顏色都配得很好，就是看看都令人覺得很舒服。

何雅風道：「這些菜雖是昨夜就已做好了的，但小弟終年在外走動，對保存食物的法子，倒可算是略有心得，可以保證絕不致變味；只不過以路菜敬客，實嫌太簡慢了些。」

郭大路忽然笑道：「你昨天晚上就準備了這麼多菜，難道算準了今天晚上要請客？」

釣詩正在斟酒，搶著道：「我們家公子最好客，一路上無論遇著什麼人，都會拉著他喝兩杯，所以無論到哪裡，酒菜都準備得很充足。」

郭大路向他擠了擠眼睛，悄悄笑道：「這麼樣看來，臉皮厚的人並不是只有我一個。」

何雅風道：「郭兄在說什麼？」

郭大路道：「我在說他……」

釣詩忽然大聲咳嗽。

郭大路笑道：「他酒倒得太慢了，我簡直已有些迫不及待。」

他第一個舉起酒杯，嗅了嗅，大笑道：「好酒，我借花獻佛，先敬主人一杯。」

他剛想喝，何雅風已按住了他的手，笑道：「郭兄先等一等，這第一杯水酒，應該我敬四位，四位一齊……」

忽然間，一條黑狗、一隻黑貓，同時從外面竄了進來，竄上了桌子；剛斟滿的幾杯酒就一齊被撞翻。

何雅風臉色變了變，突然出手。

他一雙手看來又白淨、又秀氣，就好像一輩子沒有碰過髒東西，連酒瓶子倒了，都不會去扶一扶。

可是他一出手，就抓住了牠們的脖子，一隻手一個，將牠們拎了起來，正準備往外面甩。

他剛往外甩，忽然又有兩雙手伸過來，輕輕的接了過去。

郭大路接住了那條黑貓，燕七接住了黑狗。

這隻貓和這條狗卻好像剛從泥裡打過滾出來的。

郭大路撫著貓脖子笑道：「你來幹什麼？莫非要和何公子搶著做主人麼？」

燕七拍著狗頭道：「你來幹什麼？莫非也和郭先生一樣，急著要喝酒？」

何雅風鎖著眉，勉強笑道：「這麼髒的小畜牲，兩位爲何還抱在身上？」

郭大路道：「我喜歡貓，尤其是好請客的貓。」

燕七笑道：「我喜歡狗，尤其是好喝酒的狗。」

酒倒翻在桌子上的時候，這條狗的確伸出舌頭來舔了舔。

王動忽然道：「只可惜這不是金毛獅子狗。」

林太平挾起塊油雞，又放下，道：「只可惜這不是烤鴨。」

何雅風聲色不動，微笑道：「四位說的話，小弟爲何總是聽不懂？」

郭大路笑道：「也許我們都在說醉話。」

燕七抱著的狗突然慘吠了一聲，從他懷中跳起來，「砰」的，落在桌子上，就像是忽然被人割斷了脖子，連叫都叫不出了。

本來鮮蹦活跳的一條狗，突然就變成了條死狗。

燕七看看死狗，又抬起頭看看郭大路，道：「你瞧見了麼，這就是急著要喝酒的榜樣。」

郭大路也在看著死狗，又抬起頭看看何雅風，道：「我們都不是廣東人，閣下爲何要請我們吃狗肉？」

王動看看何雅風，臉上一點表情也沒有，淡淡道：「聽說黑狗的肉最滋補。」

林太平冷笑道：「也許這並不是黑狗，只不過穿了身黑衣服。」

何雅風居然還是聲色不動，慢慢的站起來，拍了拍身上的酒漬道：「各位少坐，在下去換套衣服，去去就來。」

郭大路看著王動，道：「他說他去去就來。」

王動道：「我聽見了。」

郭大路道：「你相信？」

王動道：「相信。」

郭大路道：「爲什麼？」

王動道：「因爲他根本不到別地方去，他就在這簾子後換衣服。」

何雅風靜靜的看著他們，再也不說別的話，看了很久，緩緩轉身，提起了後面椅上的箱子，走入簾後。

簾子是錦緞做的，就掛在這小客廳中間。

別的人瞪著簾子，郭大路卻看著釣詩。

釣詩的小臉也已發白。

郭大路忽又向他擠了擠眼睛，笑道：「你們爲什麼不去換衣服？」

釣詩囁嚅著道：「我……我沒有帶衣服來。」

郭大路笑道：「這裡沒有衣服換，難道不會回家去換？」

釣詩立刻喜動顏色，拉起掃俗的手，拔腿就跑。

燕七笑了笑，道：「看來這人的臉皮雖厚，心倒不黑。」

他看著郭大路時，目中充滿了溫柔之意，但等他回過頭時，目光立刻變得冰冷，臉色也立刻變得冰冷。

何雅風已從簾子後走了出來。

他果然換了身衣服。

一身黑衣服。

黑衣服、黑靴、臉上蒙著黑巾，連身後揹著的一柄劍，劍鞘都是烏黑色的。

一柄四尺七寸長的劍。

林太平變色道：「原來是你，你沒有死。」

黑衣人冷冷道：「只因你還不懂得殺人，也不會殺人。」

林太平臉上陣青陣紅。

他的確還不會殺人，殺了人後就已心慌意亂，也不去看看那人是否真的死了。

黑衣人道：「你若會殺人，就算我真的死了，你也該在我身上多戳幾刀。」

林太平咬著牙道：「我已學會了。」

黑衣人道：「學不會的，不會殺人的人，永遠都學不會的。殺人也得要有天份。」

燕七忽然道：「這麼樣說來，閣下莫非很有殺人的天份？」

黑衣人道：「還過得去。」

燕七笑了笑，淡淡道：「閣下若真有殺人的天份，我們現在就已經全都死了。」

黑衣人沉思了半晌，道：「你們還活著，真該謝謝那條狗。」

燕七看著郭大路，道：「我發現了一樣事。」

郭大路道：「什麼事？」

燕七道：「他至少很有殺狗的天份，因爲他至少殺了條狗。」

郭大路眨眨眼，道：「我也發現了一件事。」

燕七道：「什麼事？」

郭大路道：「他不是南宮醜。」

燕七道：「爲什麼？」

郭大路道：「因爲他不醜。」

王動忽然道：「名字叫南宮醜，人並不一定就會很醜。」

郭大路笑道：「不錯，就好像名字叫王動的人，並不一定喜歡動。」

王動道：「答對了。」

郭大路道：「但他臉上也沒有刀疤。」

江湖中很多人都知道，南宮醜雖僥倖自瘋狂十字劍下逃了性命，臉上卻還是被劃了個大十字，所以從不願以真面目見人。

王動道：「誰看過南宮醜臉上有刀疤？」

郭大路道：「至少我沒有看見過。」

王動道：「他既然從不以真面目見人，誰能看到他的臉？」

郭大路笑道：「不錯，也許他刀疤在屁股上。」

黑衣人一直在冷冷的看著他們，此刻忽然道：「你們只說對了一樣事。」

郭大路道：「哪樣？」

黑衣人道：「我不殺人，只殺狗。」

郭大路笑道：「原來你也很坦白。」

黑衣人道：「我剛才殺了一條，你是第二條。」

夜很靜，正是個標準的「月黑風高殺人夜」。

除了他們外，這山上活人本就不多——今天晚上也許又要少一個。

也許少四個。

院子有樹，風在吹，樹在動。

黑衣人卻沒有動。

他靜靜的站在那裡，彷彿已經和這殺人之夜溶爲一體。

無論誰都不能不承認，他的確是個「殺人」的人。

他身上的確像是帶著種殺氣。

劍還未出鞘，殺氣卻已出鞘。

郭大路還在屋裡慢慢的脫衣服。

黑衣人就在外面等著，彷彿一點也不著急。

郭大路忽然笑道：「這人倒很有耐心。」

王動道：「要殺人，就要有耐心。」

郭大路道：「耐心殺不了人。」

王動道：「你故意想要他著急，他不急，你就急了，你一急，他就有機會殺你。」

郭大路笑了笑，道：「所以我也不急。」

燕七一直在看著他，忽然道：「你非但不必急，也不必一個人出去。」

郭大路道：「我雖然是厚臉皮，卻不是膽小鬼。」

燕七道：「對付這種人，我們本不必講什麼江湖道義。」

郭大路道：「你想四個打一個？」

燕七道：「爲什麼不行？」

郭大路嘆了口氣，道：「我倒也很想那麼樣做，只可惜我是個男人。」

燕七垂下頭，道：「可是你……你有沒有把握對付他？」

郭大路道：「沒有。」

燕七道：「那麼你……」

郭大路打斷了他的話，笑道：「有把握要去，沒有把握也要去，就等於有錢要喝酒，沒有錢也要喝酒。」

王動笑笑道：「這比喻雖然狗屁不通，卻說明了一件事。」

燕七道：「什麼事？」

王動道：「有些事本就是非做不可的。」

林太平忽然道：「好，你去，他若殺了你，我替你報仇。」

郭大路笑了，拍了拍他的肩，笑道：「你雖然是個混蛋，但至少很夠義氣。」

燕七忽又拉住他的手，悄悄道：「站得離他遠些，他的劍並不長。」

郭大路笑道：「你放心，我不會上當的。」

他走了出去。

燕七嘆了口氣，道：「我真不懂，有些人爲什麼總是硬要充英雄。」

王動淡淡道：「也許他本來就是英雄——有些人天生就是英雄。」

林太平嘆道：「不錯，無論他是酒鬼也好，是混蛋也好，但卻的的確確是個英雄，不折不扣的大英雄。」

燕七嘆息著喃喃道：「可惜英雄大多都死得早。」

郭大路也站在院子裡，果然站得離黑衣人很遠。

黑衣人道：「你的劍呢？」

郭大路笑笑，道：「我的劍已送進當舖了。」

黑衣人冷笑道：「你敢以空手對我？是不是還怕死得不夠快？」

郭大路又笑笑，道：「既然要死，就不如死得快些，也免得活著窮受罪，受窮罪。」

黑衣人道：「好，我成全你。」

說到「好」字，他已反手拔劍。

他的手剛觸及劍柄，郭大路已衝了過去。

燕七的心幾乎跳出了腔子。

郭大路難道真的想快點死？明知對方用的是短劍，為什麼還要送上門去？

劍光一閃，劍已出鞘。

不是短劍，是長劍。

劍光如漫天長虹，亮得令人眼花。

只可惜郭大路已衝入他懷裡，已看不到這柄劍，看不到這劍光。

他的眼睛也沒有花。

他雖然沒有看到黑衣人的劍，卻看到了黑衣人的弱點。

他看得很清楚。

「砰」的，黑衣人身子飛出。

他身子向後飛出，劍光卻向前飛出，身子撞上後面的牆，長劍釘入了前面的樹。

他一倒下去就不再動。

郭大路站在那裡，看著自己的拳頭，彷彿覺得很驚訝、很奇怪。

他自己彷彿也沒有想到自己一拳就能將對方打倒。

別人也沒有想到。

燕七更沒有想到，他怔了半天，才衝出去，又驚奇，又歡喜，又帶著幾分惶恐，笑著道：

「我叫你離他遠些，你為什麼偏偏要衝過去？」

郭大路笑了，道：「也許因為我是個傻子。」

他的笑看來真有點傻兮兮的。

可是他當然一點也不傻——你認為他傻的時候，他卻偏偏會變得很聰明，而且比大多數人都聰明得多。

燕七笑道：「誰說你傻了，只不過，我實在不懂，你怎麼看出他這次用的不是短劍？」

郭大路笑笑道：「我根本沒有看出來，我是猜出來的。」

燕七怔了怔，道：「若是猜錯了呢？」

郭大路道：「我不會猜錯。」

燕七道：「為什麼？」

郭大路笑嘻嘻道：「因為我的運氣好。」

燕七怔了半晌，忽也笑了，大笑道：「你雖然不傻，但卻也不老實，一點都不老實。」

郭大路的確不老實。

因為他會裝傻。

他當然已看出黑衣人這次用的不是短劍。

因爲這次黑衣人的劍柄在左肩，卻用右手去拔劍，拔劍的時候，胸腹向後收縮，力量全都放在前面。

所以他胸膛和小腹之間就有了弱點。

郭大路看出了這弱點。

他一拳就打在這弱點上。

只要能看得準，能判斷正確，一拳就夠了，用不著第二拳。

高手相爭，最有效的就是這第一拳。

這一拳，你若不能打倒別人，自己也許就會被人打倒。

勝與負的分別，往往只不過在一線之間──也往往只不過在一念之間。

燕七忽又道：「我還有件事不懂。」

郭大路道：「哦？」

燕七道：「他的手比劍短得多，爲什麼一伸手就能將劍拔出來？」

郭大路想了想，笑道：「我也不懂。」

王動道：「我懂。」

他走過來，手裡拿著的就是黑衣人的劍鞘。

燕七接過劍鞘，看了看，笑道：「我也懂了。」

無論誰只要看過這劍鞘，都會懂的。

劍鞘裡本有兩柄劍，一柄長，一柄短。這點燕七也已想到。

他卻未想到這劍鞘根本不是真正的劍鞘，只不過是個夾子。

劍並不是從上面「拔」出來的，而是從旁邊「揮」出來的。

燕七笑道：「這就好像雞蛋一樣。」

郭大路怔了怔，道：「像雞蛋？」

燕七道：「你知不知道要用什麼法子才能把雞蛋站在桌子上？」

郭大路道：「不知道。」

燕七笑道：「呆子，你只要把雞蛋大的那一頭敲破，這雞蛋豈非就能站住了。」

郭大路笑道：「你真是個天才，這法子真虧你怎麼想得到的。」

世上有些事的確就像雞蛋一樣。

你認為很複雜的事，其實卻往往很簡單。

有些人也和雞蛋一樣。

無論多沒用的人，你只要打破他的頭，他就能自己站起來了。

## 三

院子裡多了個墳。

狗墳。

燕七親手將那黑狗裝入棺材，黯然嘆息著道：「你從棺材裡來，現在又往棺材裡去了，早知如此，你又何必來。」

郭大路苦笑道：「牠若不來，我們就要往棺材裡去了。」

林太平嘆道：「牠來的時候。我還踢了牠一腳，誰知道牠卻救了我們的命。」

王動道：「狗不像人，狗不記仇，只記得住別人的恩惠。」

郭大路道：「不錯，你只要給狗吃過一塊骨頭，牠下次見了你，一定會搖尾巴；但有些忘恩負義的人，你無論給過他多少好處，他回過頭來反而會咬你一口，所以……」

林太平接著道：「所以狗比人還講義氣，至少比某些人講義氣。」

郭大路道：「所以我們應該替牠立個碑。」

林太平道：「碑上寫什麼呢？」

郭大路道：「義犬之墓。」

燕七搖搖頭，道：「義犬兩個字還不夠，你莫忘記，牠也是我們的救命恩人……」

王動道：「碑不妨後立，祭文卻不可不先讀。」

郭大路道：「你會作祭文？」

王動點點頭，忽然站起來，朗聲道：「棺中一狗，恩朋義友，你若不來，我們已走，初一十五，香花奠酒，嗚呼哀哉……尚饗。」

豬不能太肥，人不能太聰明。

肥豬總是先挨宰，人若要活得愉快些，也得帶幾分傻氣，做幾件傻事。

那並不表示他們就是傻子。

他們當然知道貓自己不會做飯，狗也不會自己將自己裝進棺材裡。

這隻貓和這條狗一定有個主人。這人是誰呢？

燕七道：「這人將棺材送來的時候，一定已知道南宮醜並沒有死。」

郭大路道：「不錯，他送這口棺材來，就是要告訴我們南宮醜沒有死。」

燕七點點頭道：「他早已知道了南宮醜的陰謀。」

郭大路道：「可是他爲什麼不對我們說明白呢？」

燕七道：「因爲他還不想跟我們見面。」

林太平道：「爲什麼？他既然沒有惡意，做事爲什麼要這樣鬼鬼祟祟的？」

郭大路道：「我看這人一定是個女人。」

燕七道：「怎見得？」

郭大路道：「只有女人才會做這些鬼鬼祟祟、莫名其妙的事。」

燕七板著臉道：「女人就算做這種事，那也只因爲男人更莫名其妙。」

郭大路笑道：「莫忘記你也是男人。」

燕七道：「莫忘記你也是女人生出來的。」

王動看著燕七，忽然道：「男人天生就看不起女人，女人也天生就看不起男人，這本是天經地義的事，幾千百年前如此，幾千百年後一定還是這樣，所以……」

燕七道：「所以怎麼樣？」

王動道：「所以這種事本沒有什麼好爭辯的，我不懂你們爲什麼總是對這問題特別有興趣。」

他嘆了口氣，接著道：「我們的問題本來已夠多了，現在又多了一個。」

郭大路道：「多了個什麼問題？」

王動道：「南宮醜。」

南宮醜並沒有死，因爲沒有人願意殺他。

他們誰都不願意殺人，尤其不願殺一個已被打倒的人。南宮醜至少有件事沒有說錯：「有些人天生就不會殺人，而且永遠都學不會的。」

郭大路道：「不錯，他的確是個問題。」

林太平道：「他不是已經被我們關起來了嗎？」

郭大路道：「是的。」

林太平道：「你怕他會逃走？」

郭大路道：「他逃不了。」

一個人若已被綁得像隻粽子，誰都休想能逃得了。

林太平道：「既然逃不了，還有什麼問題？」

郭大路道：「問題就在這裡，他既然逃不了，我們就得看著他，是不是？」

林太平點點頭。

郭大路苦笑道：「我們連自己都快養不活了，怎麼養得起別人？」

林太平終於明白了，皺著眉道：「我們不如放了他吧。」

郭大路道：「這種人也放不得。」

林太平道：「那麼我們難道要養他一輩子？」

郭大路道：「所以這才是問題。」

燕七忽然道：「我們可以要他自己養自己。」

郭大路眼睛立刻就亮了起來，道：「不錯，他比我們有錢得多。」

燕七道：「至少他剛從鳳棲梧身上撈了一票。」

郭大路站了起來，道：「我這就去問他，將那些珠寶藏在什麼地方了？」

燕七道：「你問得出？」

郭大路笑道：「我雖不是夾棍，但也有我的法子。」

燕七失笑道：「看來這個人已從夾棍那裡學會了幾套。」

# 十三　男人和貓

## 一

後園有間柴房。

柴房好像並不是堆柴的，而是關人的，無論哪家人抓住了強盜，一定都會將他關在柴房裡。

這柴房裡有蜘蛛，有老鼠，有狗屎貓尿，有破鍋破碗，有用剩下的煤屑……幾乎什麼都有，就是沒有柴，連一根柴都沒有。

也沒有人。

被綁得跟粽子一樣的南宮醜，也不見了。

地上只剩下一堆繩子。

郭大路發了半天怔，拾起根斷繩子看了看道：「這是被刀割斷的。」

燕七道：「而且是把快刀。」

只有快刀割斷的繩子，切口才會如此整齊。

林太平皺眉道：「這麼樣說來，他並不是自己逃走的，一定有人來救他。」

郭大路笑道：「我實在想不到連這種人也會有朋友。」

燕七道：「會不會是那兩個小鬼？」

郭大路道：「不會，他們既沒有這麼大本事，也沒有這麼大膽子，而且……」

他忽又笑笑，道：「小孩子有點地方，就跟女人一樣。」

燕七道：「哪點？」

郭大路道：「小孩子都不會很講義氣……他們根本不懂。」

燕七瞪了他一眼，林太平已搶著道：「會不會是金毛獅子狗？」

郭大路道：「你怎麼想起他的？」

林太平道：「我那天並沒有看到金毛獅子狗，也許南宮醜已將他放了，也許他們根本就是串通好了的。」

郭大路搖搖頭，道：「南宮醜這種人就算什麼事都做得出，但至少有一件事是絕不會做的。」

林太平道：「哪件事？」

郭大路道：「他絕不會留著別人跟他分贓。」

他笑了笑，又解釋著道：「桌上若有三碗飯，他就算吃不下，也不會留下一碗來分給別人，他就算脹死也全都要吃下去。」

林太平道：「你認為棍子和金毛獅子狗都已被他殺了？」

郭大路點點頭，道：「我餓了。」

這句話和他們現在談論著的事完全沒有關係，連一點關係都沒有。

你簡直無法想像一個人會在這種時候忽然說出這句話來。

林太平看著他，眼睛張得很大。王動和燕七也在看著他，好像都想研究這個人，構造是不是和別人不同？

郭大路笑笑，又道：「我說到三碗飯的時候，就已發覺餓了；說到吃的時候，就已想到我們至少已有大半天沒吃東西。」

王動道：「你說到什麼的時候，就會想到什麼？」

郭大路道：「好像是的。」

王動道：「你說到狗屎的時候，難道就會想到……」

他的話還沒有說完，郭大路忽然轉身跑了出去。

往廁所那邊跑了過去。

王動看著，看得眼睛發直，好像已看呆了。

燕七長長嘆了口氣，又忍不住笑道：「這人實在是個天才。」

林太平笑道：「這樣的天才，世上也許還不多。」

燕七道：「非但不多，恐怕只有這麼樣一個。」

王動終於也嘆了口氣，道：「幸好只有一個。」

這也是結論。

像郭大路這種人若是多有幾個，這世界也許就會變得更快樂。

# 二

動物中和人最親近的，也許就是貓和狗。有些人喜歡養狗，有些人認爲養貓和養狗並沒有什麼分別。

其實牠們很有分別。

貓不像狗一樣，不喜歡出去蹓躂，不喜歡在外面亂跑。

貓喜歡耽在家裡，最多是耽在火爐旁。

貓喜歡吃魚，尤其喜歡吃魚頭。

貓也喜歡躺在人的懷裡，喜歡人輕輕摸牠的脖子和耳朵。

你每天若是按時餵牠，常常將牠抱在懷裡，輕輕的撫摸牠，牠一定就會很喜歡你，作你的好朋友。

但你千萬莫要以爲牠只喜歡你一個人，只屬於你一個人。

貓絕不像狗那麼忠實，你盤子裡若沒有魚的時候，牠往往就會溜到別人家裡去，而且很快就會變成那個人的朋友。

你下次見著牠的時候，牠也許已不認得你，已將你忘了。

貓看來當然沒有狗那麼凶，卻比狗殘忍得多，牠捉住隻老鼠的時候，就算肚子很餓，也絕不會將這老鼠一口吞下去。

牠一定要先將這老鼠耍得暈頭轉向，才慢慢享受。

貓的「手腳」很軟，走起路來一點聲音也沒有，但你若惹了牠，牠那軟軟的「手」裡就會突然露出尖銳的爪子來，抓得你頭破血流。

貓若不像狗，像什麼呢？

你有沒有看過女人？有沒有看過女人吃魚？有沒有看過女人躺在丈夫和情人懷裡的時候？

你知不知道有很多男人的臉上是被誰抓破的？

你知不知道有些男人爲什麼會自殺？會發瘋？

那麼我問你：貓像什麼？

你若說貓像女人，你就錯了。

其實，貓並不像女人，只不過有很多女人的確很像貓。

## 三

這隻貓是黑的，油光水滑，黑得發亮。

郭大路正在仔細研究著這隻貓。

一個餓得發昏的人，是絕沒有興趣研究貓的。一個餓得發昏的人，根本就沒有興趣研究任何東西。

郭大路當然已吃飽了。就像昨天早上一樣，飯菜又擺在桌子上的時候，他們就聽見這隻貓在搖鈴。

郭大路忽然道：「這隻貓吃得很飽。而且一直都吃得很飽，常常挨餓的貓，絕不會長得像這個樣子。」

燕七笑了，問道：「你研究了半天，就在研究這件事？」

郭大路理也不理他，又道：「假如說這些傢具，這些酒菜，和那口棺材都是個叫好好先生的人送來的，那麼這隻貓一定也是他養的，所以……」

燕七道：「所以怎麼樣？」

郭大路道：「所以那好好先生家裡一定很舒服、很闊氣，否則這隻貓就絕不會被養得這麼肥、這麼壯。」

燕七眨眨眼，道：「那又怎麼樣呢？」

郭大路道：「我若是貓，有個這麼闊氣的主人，就絕對不肯跟別人走的。」

燕七道：「所以……」

郭大路道：「所以我們若將這隻貓放了，牠一定很快就會回到主人那裡去。」

燕七眼睛亮了，道：「那麼你還抱著牠幹什麼？」

郭大路拍了拍貓的脖子，笑道：「貓兄貓兄，你若能帶我們找到你的主人，我一定天天請你吃魚頭。」

他放開手，把貓送出門。

誰知這隻貓「咪嗚」一聲，又跳到他身上來了，而且伸出舌頭輕輕舔他的手。

燕七笑道：「看來這條貓一定是母的，而且已經看上了你。」

郭大路拎起貓的脖子，放下。

貓還是圍著他打轉。

郭大路皺眉道：「你爲什麼還不走？難道不想你的主人？他對你一向不錯呀。」

王動忽然笑了笑，道：「貓的記性雖然不好，腦筋卻很清楚。」

郭大路道：「腦筋清楚？」

王動道：「牠既然知道這裡有魚吃，爲什麼還要跑到別的地方去？」

郭大路道：「但我又不是牠的主人，牠爲什麼要纏住我？」

王動道：「你剛才餵牠吃過一條魚，是不是？」

郭大路點點頭。

王動道：「誰餵牠吃魚，誰就是牠的主人。」

郭大路嘆了口氣，喃喃地道：「看來這的確是條母貓。」

林太平忽然道：「這裡若沒有魚吃呢？」

王動道：「那麼牠也許就會回去了。」

林太平笑道：「我只希望這條貓也認得路的。」

貓的確認得路。

牠若在外面找不到東西吃，無論牠在哪裡，都一定很快就能找得到路回家。

下午。

從早上到下午，都沒有東西吃，無論是人是貓，都會餓得受不了的。

現在郭大路就算還想抱著這條貓，貓也不肯讓他抱了。

牠一縷煙竄了出去。

郭大路在後面跟著。

燕七跟著郭大路，林太平跟著燕七。

王動道：「你們最好不要跟得太近。」

林太平道：「你呢？」

王動沒有說話，只嘆了口氣，彷彿覺得林太平這句話問得很愚蠢。

他躺了下去。

山坡的左面是一大片荒墳，就算在清明時節，這裡也很少有人來掃墓的；埋葬在這裡的人，活著時就並不受人注意，死了後更是很快就被人遺忘。

窮人的親戚朋友本不多，何況是個死了的窮人。

郭大路時常覺得很感慨，每次到這裡來都會覺得有很多感慨。

但現在卻沒有時間來讓他感慨。

那條貓跑得很快。

牠很快的竄入墳場，又竄出去，遠遠看來，就像是一股黑煙。

無論誰要追上一條貓，都不是件很容易的事，你除了專心去追牠之外，根本就沒工夫去想別的事。

追女人的時候也一樣。

也許就因爲沒工夫去想，所以才會去追。

若是仔細想想，也許就會立刻回頭了。

墳場旁邊，有片樹林。

樹林裡有間小木屋。

這是棗林，木屋就是用棗木板搭成的，郭大路以前也曾到這棗林裡來逛過，卻沒有看到這小木屋。

木屋好像是這兩天才搭成的。

貓竄入樹林，忽然不見了。卻有一陣陣香氣從木屋裡傳出來。

是紅燒肉的味道。

郭大路聳了聳鼻子，臉上露出微笑。

木屋裡升著火，火上燉著肉。

一個老頭子蹲在地上搧火，一個老太婆正在往鍋裡倒醬。

還有個頭髮長長的女人，一直蹲在旁邊不停的催他們。

這隻貓竄進屋子，就竄入她懷裡。

她顯然就是這隻貓的主人。

郭大路終於找到了他要找的人。他追到門口的時候，她剛好回過頭。

兩個人目光相遇，都吃了一驚。

然後郭大路就叫了起來：「酸梅湯，原來是你？」

## 四

紅燒肉燉爛，切得四四方方的，每塊至少有四兩。

郭大路恰好能一口吃一塊。

貓伏在酸梅湯腳下，懶洋洋的；這是條很隨和的貓，並不一定要吃魚，並不反對紅燒肉。

無論是人是貓，肚子餓的時候，都不會反對紅燒肉的。

吃下七八塊肉，郭大路才嘆了口氣，道：「我簡直連做夢也沒有想到會是你。」

酸梅湯抿著嘴笑了。

郭大路道：「你做事總是這麼樣神秘兮兮的麼？」

酸梅湯垂下頭，笑道：「我本來是想自己送去的，可是我怕你們不肯收。」

燕七冷冷道：「你根本不必送這些東西來的。」

酸梅湯道：「你們幫了我很多忙，我總不能不表示一點心意。」

郭大路道：「但這些東西還是不能收。」

酸梅湯道：「爲什麼？」

郭大路道：「因爲……因爲你是女人。」

酸梅湯道：「女人也是人。」

郭大路瞟了燕七一眼，笑道：「她說話的口氣倒跟你差不多。」

燕七板著臉，道：「男人送這麼多東西來，我們也一樣不能收。」

郭大路接著道：「何況，我們已吃了你好幾頓，已經不太好意思了。」

酸梅湯眨眨眼，道：「那麼，就算我把這些東西存在你們這裡好了。」

王動道：「那就要租金。」

酸梅湯道：「我付。」

王動道：「還要保管費。」

酸梅湯道：「我也付。」

王動道：「每天十兩銀子。」

酸梅湯道：「好。」

王動道：「要先付，不能欠賬。」

酸梅湯笑道：「我先付十天行不行？」

她真的拿出了一百兩銀子。

王動沒有動，只是盯著這一大錠銀子看，好像看得出了神。

郭大路他們卻在盯著王動。

他們忽然開始覺得王動這人很莫名其妙，很豈有此理。

別人好心好意的送酒給他喝，送飯給他吃，送椅子給他坐，送床給他睡，還把他的破屋子修飾一新。

他卻要收人家的租金，而且還要先付。

「這人他媽的簡直是個活混蛋。」

郭大路瞪著他，幾乎已忍不住要罵了出來。

王動的眼睛已經從銀子上移開，瞪著酸梅湯，忽然道：「你有病。」

酸梅湯怔了怔，道：「有病？」

王動道：「不但有病，而且病很重。」

酸梅湯笑道：「我吃又吃得下，睡又睡得著，怎麼會有病呢？」

王動道：「也許你這病就是吃多了脹出來的。」

他臉上毫無表情，又道：「你花錢買了這麼多東西，又費了很多事送到這裡來，卻還心甘情願的付我租金，一個人若是沒有病，怎麼會做這種事？」

郭大路笑了。

他也開始覺得酸梅湯的確有病，而且還的確病得很重。

酸梅湯眼珠子在打轉，道：「我若說這麼樣做只不過因爲覺得欠了你們的情，你們信不信？」

王動看了看郭大路，道：「你信不信？」

郭大路道：「不信。」

王動道：「若連他都不信，只怕天下就沒有別的人會信了。」

酸梅湯嘆了口氣道：「所以我也沒有這麼樣說。」

郭大路道：「你準備怎麼樣說？」

酸梅湯眼珠子不停的轉，咬著嘴唇，道：「一個男人若是看上了一個女人，想要娶她，是不是就會做出很多莫名其妙的事來？」

王動道：「是。」

男人為了一個他已愛上了的女人，簡直什麼事都做得出的。

酸梅湯道：「女人也一樣。」

王動道：「一樣？怎麼一樣？」

酸梅湯道：「一個女人，若是看上了一個男人，想要嫁給他，也一樣會做出很多莫名其妙的事來的。」

她的臉忽然紅了，垂著頭道：「我……我今年已經十八了。」

十八歲的女孩子，通常都會想到一件事。

嫁人。

十八歲的女孩子，有哪個不懷春？

這本是很正常的事。

郭大路又笑了，道：「你沒有病，男大當婚，女大當嫁，誰也不能說你有病。」

他挺了挺胸，又道：「卻不知你看上的人是誰？」

燕七瞪了他一眼，冷冷道：「當然是你。」

郭大路笑道：「那倒不一定。」

他嘴裡雖說「不一定」，臉上的表情卻已是十拿九穩了。

像他這樣的男人，就算打鑼都找不到的。

酸梅湯的確正在看著他，但卻搖了搖頭，抿著嘴笑道：「也許是你，也許不是你，我現在還不能說。」

郭大路道：「爲什麼？」

酸梅湯道：「因爲現在還沒有到時候。」

郭大路道：「幾時才到時候？」

酸梅湯眼波流動，又低著頭，道：「我總要先看看他是不是真的很好，這是我的終身大事，我總不能不特別小心。」

郭大路道：「你現在還看不出？」

酸梅湯道：「我……我還想再等等，再看看。」

燕七冷冷道：「我看你還是快點看吧，有人已經快急死了。」

郭大路笑道：「沒關係，你慢慢的看，好人總是好人，愈看愈好的。」

酸梅湯嫣然道：「我看出來之後，一定第一個告訴你。」

燕七忽然站起來，扭頭走了出去。

郭大路道：「你爲什麼要走呢？大家一齊聊聊天不好嗎？」

燕七道：「有什麼好聊的？」

郭大路道：「你難道沒有話說？」

燕七道：「我只有一句話說。」

他頭也不回，冷冷的接著道：「現在的女孩子，臉皮的確愈來愈厚了。」

郭大路看著燕七走出去，才搖了搖頭，笑道：「這人的脾氣雖然有點怪，但卻是個好人，酸姑娘，你千萬不能生他的氣。」

酸梅湯嫣然道：「我不姓酸，我姓梅。」

郭大路道：「梅花的梅？」

酸梅湯點點頭，道：「我叫梅汝男。」

郭大路笑道：「又是梅花，又是蘭花，簡直可以開花店了。」

酸梅湯笑道：「不是蘭花的蘭，是男人的男。」

郭大路道：「梅汝男，這名字倒有點怪。」

梅汝男道：「先父替我取這名字的意思，就是告訴我，你要像個男人，不能扭扭捏捏的，想做什麼事就去做，想說什麼就說出來。」

王動忽然道：「令尊九泉之下有靈，一定會覺得很高興。」

梅汝男道：「爲什麼？」

王動道：「因爲你的確沒有辜負他的期望。」

梅汝男的臉紅了，道：「你……你認爲我做事真的很像男人？」

王動道：「你是女人？」

梅汝男忍不住笑了。

郭大路也笑道：「你做事的確比很多男人還像男人，譬如說……」

他將聲音壓得很低很低，悄悄道：「我們那朋友燕七，有時就很像女人，不但有點娘娘腔，而且常常會無緣無故的發脾氣。」

梅汝男道：「你認爲女人常會無緣無故的生氣？」

郭大路只笑，不說話。

梅汝男道：「女人也跟男人一樣，若是生氣，一定有緣故的，只不過男人不知道而已。」

她笑了笑，接著道：「其實男人並不如他們自己想得那麼聰明。」

郭大路想說話，卻又忍住。

他決心不跟她爭辯，要爭辯也等她說出她看上的是哪個人之後再爭辯。

那到時他就會告訴她，男人至少總比她想像中聰明得多。

到那時她一定就會相信了。

郭大路面上露出了笑容，好像已想像到那時候的旖旖風光，酸梅湯正躺在他的懷裡，告訴他「那個人」就是他。

「那時她就會知道究竟是誰聰明了。」

郭大路笑得幾乎連嘴都合不起來。

林太平也在笑。

他是不是也在想著同樣的事呢？

一個人若不會自我陶醉，也許就不能算是個真正的男人。
也許根本不能算是個人。
人之所以比畜牲強，也許就因爲人會自我陶醉，畜牲不會。
梅汝男忽又道：「其實一個男人能有點娘娘腔也不錯。」
郭大路道：「爲什麼？」
梅汝男道：「那種人至少不會很野蠻、很粗魯，而且一定比較溫柔體貼。」
郭大路忽然站了起來，一扭一扭的走出去，忽又回頭，問王動道：「你看我是不是也有點娘娘腔呢？」
王動道：「你是男人？」
郭大路大笑，道：「我本來以爲是的，現在連自己也有點弄不清了。」

## 五

月亮。月亮很亮。
圓圓的月亮掛在樹梢。
燕七一個人坐在樹下，癡癡的發著怔。
郭大路忽然也走過來，坐在他旁邊。
燕七皺了皺眉，瞪起了眼睛，道：「你來幹什麼？」

郭大路道：「來聊聊。」

燕七板著臉，道：「你跟我有什麼好聊的，你爲什麼不去找那位梅姑娘？」

郭大路摸摸下巴，道：「你好像不太喜歡她。」

燕七道：「喜歡她的人已經夠多了，用不著我再去湊數。」

郭大路沒有說話。

燕七橫了他一眼，道：「今天下午，你們好像聊得很開心嘛。」

郭大路道：「嗯。」

燕七道：「既然聊得那麼開心，何必來找我？」

郭大路忽然笑了，道：「你在吃醋。」

燕七的臉好像紅了紅，道：「吃醋？我吃誰的醋？」

郭大路笑道：「你知道她喜歡的人一定是我，你卻很喜歡他，所以……」

燕七不等他的話說完，站起來就要走。

郭大路拉住他的手，他用力甩開，郭大路又拉住，道：「我是來找你談正經事的。」

燕七皺著眉，道：「正經事？你嘴裡還說得出什麼正經事？」

郭大路道：「你好像說過，這附近有個姓梅的人家，有個大少爺叫『石人』梅汝甲。」

燕七道：「我說過。」

# 十四　南宮醜的秘密

郭大路道：「你想，梅汝男會不會是梅汝甲的妹妹呢？」

燕七道：「是不是都和我沒關係。」

郭大路道：「梅家是不是和鳳棲梧有仇？」

燕七道：「不清楚。」

郭大路道：「我想一定是的，所以，梅汝男才會用計除掉鳳棲梧，可是她和南宮醜是不是也有仇？南宮醜是不是她救走的？她將南宮醜救走，是不是爲了那批珠寶？」

燕七道：「你爲什麼不問她自己去？」

郭大路嘆了口氣，道：「她自己既然沒有說，我問也問不出的。」

燕七冷笑道：「我看你是不敢問。」

郭大路道：「不敢？」

燕七道：「你怕得罪她，怕她生氣，所以……」

他忽然閉上嘴，臉拉得更長。

郭大路回過頭，就看到梅汝男走過來。

她臉上帶著甜笑，眼睛又大又亮，笑道：「那些事你們本來就該問我的，我怎麼會生氣？」

燕七板著臉，冷冷道：「我們剛才說的話，你全聽見了？」

侮汝男低下頭，道：「我不是故意想來偷聽的，我是來告訴你們，晚飯已準備好了。」

燕七道：「來得倒真巧。」

他本已站了起來，現在又扭頭就走，梅汝男看著他走遠，才嘆了口氣苦笑道：「我又沒有得罪他，他爲什麼一看見我就走？」

郭大路笑道：「也許因爲他很喜歡你。」

梅汝男眨了眨眼，道：「喜歡我？爲什麼反而躲著我呢？」

郭大路道：「也許就因爲他已看出你喜歡的人不是他。」

梅汝男低著頭，過了很久，忽然笑了。

郭大路道：「你笑什麼？」

梅汝男抿著嘴笑道：「我笑你們男人，總是該問的話不問，該說的話不說。」

郭大路道：「我想問你的那些事，你……」

梅汝男打斷了他的話，拉起他的手，笑道：「走，我們吃飯去，那些事吃完飯我再告訴你。」

郭大路道：「現在爲什麼不告訴我？」

梅汝男道：「我怕你聽了吃不下飯去。」

她拉著郭大路的手走進屋子，拉得很緊，坐下來後好像還捨不得放開。

王動在盯著她的手，林太平也在盯著她的手，燕七想故意裝作看不見，卻還是忍不住偷偷瞟了幾眼。

郭大路心裡真是說不出的舒服，所以這頓飯吃得特別多。

他抹嘴的時候，梅汝男忽然道：「你們猜的都沒有錯，我是梅汝甲的妹妹，我們家的確跟鳳棲梧有仇，只可惜一直找不著他，所以才想出這法子。」

她笑了笑，接著道：「我們早已算準棍子和金毛獅子狗一定能將鳳棲梧從窩裡掏出來，他們是官差，找人自然比我們方便得多。」

說到這裡，她忽然嘆了口氣，才接著道：「直到這裡爲止，你們都還沒有猜錯。」

郭大路道：「以後呢？」

梅汝男道：「以後的事，你們就全都猜錯了。」

郭大路怔了怔，道：「我們猜錯了哪些事？」

梅汝男道：「第一，那黑衣人並不是南宮醜。」

郭大路道：「不是南宮醜是誰？」

梅汝男咬著嘴唇，過了很久才下定決心，道：「是我哥哥。」

這句話說出來，大家都吃了一驚，郭大路簡直忍不住要叫了起來。

林太平也不禁失聲道：「你哥哥？他爲什麼要做那種事呢？」

梅汝男垂下頭，道：「江湖中人都以爲我們梅家是武林世家，一定是家財萬貫，因爲我們家的排場一向都很大，江湖上的朋友只要找到我們，我們從沒有讓他們失望過。」

她神情變得很悽涼，黯然道：「其實自從先父去世之後，我們家早已變得外強中乾，非但沒法子接濟別人，連自己的日子都過得很艱苦，所以……」

王動道：「所以你們不但想要鳳棲梧的命，還想要他的錢。」

梅汝男點點頭，道：「不錯，我們計劃本是雙管齊下，我到這裡來做案的時候，我哥哥早已找到棍子和金毛獅子狗，而且做了他們的保鏢。」

郭大路道：「像棍子和金毛獅子狗那麼精明的人，怎麼會隨隨便便相信他就是南宮醜？怎麼會隨隨便便就用他做保鏢呢？」

梅汝男道：「第一，因爲他們根本也沒有見過南宮醜，第二，因爲我哥哥身上帶著樣南宮醜的信物，第三，因爲他們根本想不到會有人冒充南宮醜。」

郭大路道：「第四，因爲你們的運氣不錯。但是你哥哥身上怎麼會有南宮醜的信物？」

梅汝男道：「因爲他是我哥哥的朋友。」

郭大路嘆了口氣，苦笑道：「看來你哥哥倒也是個天才，居然能交到這種朋友。」

梅汝男的臉紅了紅，道：「他本來就喜歡交朋友，而且喜歡幫人家的忙，江湖中得過他好處的人也不知有多少。就因爲他朋友太多、太慷慨，所以我們家才會一天比一天窮。」

郭大路笑道：「不錯，守財奴就永遠不會缺錢用，早知他是這麼樣的一個人，我那拳就該打得輕點的。」

梅汝男的臉沉了下來，緩緩道：「我還要告訴你兩件事。」

郭大路道：「你說。」

梅汝男道：「第一，我不喜歡別人在我面前侮辱我哥哥；第二，若非他用的兵器不順手，挨揍的不是他，是你。」

「石人」梅汝甲用的兵刃是石器，這點郭大路也聽說過。郭大路只好笑笑，道：「卻不知那真的南宮醜武功如何？」

梅汝男淡淡道：「你遇見的若真是南宮醜，現在也許就不會坐在這裡了。」

郭大路道：「不坐在這裡在哪裡？」

梅汝男道：「躺著，就算沒有躺在棺材裡，至少也躺在床上。」

郭大路大笑，只不過笑得多少已有點不自然了。

幸好梅汝男已接著道：「我們的計劃從頭到尾都進行得很順利，直到……」

她看了林太平一眼，林太平道：「直到我無意中看到了他。」

梅汝男嘆了口氣，道：「我真希望那天你們沒有到城裡去，沒有看到他。」

林太平道：「他生怕我們還要追查他的秘密，所以想來把我們殺了滅口。」

梅汝男悽然道：「他是我們梅家的獨生子，絕不能讓我們梅家幾百年的聲名毀在他手上。」

王動嘆道：「所以他寧可承認自己是南宮醜，也不肯說出自己真實的身分來；他寧可死，也不能丟人，是麼？」

梅汝男點點頭，眼圈兒紅了。

王動忽然長嘆了口氣，道：「做一個武林世家的獨生子，的確有很多不足爲外人道的痛苦。」

郭大路道：「世上也許只有一種人比他更痛苦。」

王動道：「哪種人？」

郭大路道：「他的妹妹。」

梅汝男瞟了他一眼，似笑非笑，似怨非怨，看來真是說不出的動人。

林太平癡癡的看著她，忽然道：「那口棺材是你送來的？」

梅汝男道：「嗯。」

林太平道：「你爲的是什麼？」

梅汝男嘆道：「我知道你殺了人之後，心裡一定很難受，送那口空棺材來，爲的就是告訴你，你殺的人並沒有死。」

林太平的樣子更癡了，喃喃道：「無論如何，我總該謝謝你。」

郭大路看了看他，又看了看梅汝男，也嘆了口氣，道：「你真該謝謝他，他對你真不錯。」

燕七一直沒有開口，忽然冷冷道：「但棺材上還是寫著南宮醜的名字。」

梅汝男道：「無論如何，我總不能出賣我哥哥。」

她眼圈兒更紅了，接著道：「我雖然知道他做的不對，但也只能在暗中阻止……」

燕七道：「所以你一直不敢露面。」

梅汝男黯然道：「我不敢露面，也不能露面。但我還是盡我所有的力量來討好你們，只希望你們能看在我的面上原諒他。」

燕七道：「他的人呢？」

梅汝男道：「回家了。」

燕七道：「是你把他救走的？」

梅汝男道：「當然是我，他是我嫡親的哥哥，我總不能看著他受苦……」

她忽然抬起頭，道：「假如你們還不肯原諒他，也不必再去找他，可以來找我，我願意承當一切過錯。」

林太平忽然站了起來，大聲道：「無論別人怎麼說，我總認為你沒有錯。」

郭大路道：「誰說她錯了，誰就是混蛋。」

王動道：「我只能說她簡直不是個人。」

林太平立刻紅了臉，連脖子都粗了，瞪眼道：「你說她不是人？」

王動嘆道：「她的確不是人，因爲像她這麼樣有勇氣的人，我還沒見過。」

郭大路拍手道：「一點也不錯，這些話她本來根本不必告訴我們的，但她卻一點也沒有隱瞞，這種勇氣誰能比得上？」

燕七道：「你也比不上？」

郭大路嘆道：「若換了我，我倒真未必敢將這種事當面說出來。」

燕七忽然笑了笑，道：「你現在總該知道，女人並沒有你想像中那麼差勁吧？」

郭大路道：「非但不差勁，簡直偉大。」

梅汝男眼圈又紅了，道：「你們……你們真的都不怪我？」

郭大路道：「怪你？誰敢怪你？我們簡直應該跪下來跟你磕頭。」

王動道：「若不是你，我們就算沒有被毒死，也餓死了。」

梅汝男垂下頭，道：「其實我哥哥也並不是……」

郭大路搶著道：「你也用不著爲他解釋，我們也不怪他。」

梅汝男道：「真的？」

郭大路道：「我若是他說不定也會這麼樣做的。」

王動道：「我做得也許比他更兇。」

郭大路道：「我只擔心你哥哥，他以後若知道你在跟他搗蛋，一定會氣得要命。」

梅汝男苦笑道：「他現在就已知道。」

她。」

郭大路怔了怔，道：「他知道後怎麼樣？」

梅汝男道：「氣得要命。」

郭大路道：「你怎麼辦？」

梅汝男道：「我就溜了。」

郭大路皺眉道：「但你遲早總要回去的，那是你的家。」

梅汝男又垂下頭，不說話了。

王動忽然笑了笑，道：「她若回去，當然一定要受罪，但是她卻可以不回去。」

郭大路道：「爲什麼？」

王動微笑著，道：「一個女孩子嫁了人之後，就可以不必回娘家。」

郭大路恍然，失笑道：「不錯，她若出了嫁，就不是梅家的人了，她哥哥就再也管不著她。」

王動道：「所以她就不能不趕快出嫁。」

郭大路道：「嫁給誰呢？」

王動悠然道：「當然是嫁給她喜歡的人，也許是我，也許是你。」

郭大路忽然怔住了。

他忽然發現梅汝男在偷偷的笑。

梅汝男一直垂著頭，紅著臉，靜靜的坐在那裡，好像很難受、很傷心的樣子，但嘴角卻已情不自禁露出了微笑。她笑得就像是隻剛偷來了八隻雞的小狐狸。

郭大路終於恍然大悟，原來這四個大男人全都上了她的當了。

在這種情況下，無論她喜歡的人是誰，看來都已非娶她不可。

這小狐狸已在不知不覺中將他們全都套住，套住了他們的脖子，現在只要她的手一提，就有個人要被她吊起來，吊一輩子。

「看來女人的確要比男人想像中聰明得多。」

只不過她想吊的人究竟是誰呢？

王動還在笑，笑得也像是隻狐狸，老狐狸。

他好像已知道自己絕不會被吊起來的。

他好像還知道一些郭大路不知道的事，忽又笑了笑，道：「我們這些人雖然並不是什麼大英雄、大豪傑，但也絕不是忘恩負義的膽小鬼，對不對？」

林太平道：「對。」

王動道：「所以梅姑娘若是有什麼困難，我們就一定要想法子替她解決，對不對？」

林太平道：「對。」

他又是第一個搶著說話的。

郭大路看著他，暗中嘆了口氣：「到底是年輕人，隨時隨地都會熱情過度，別人剛準備好繩子，他就搶著往自己頭上套。」

他這口氣還沒有完全嘆出來，就發覺王動在瞪著他，道：「你呢？你說對不對？」

郭大路想說不對也不行，只恨不得找個雞蛋塞到王動嘴裡去，燕七忽然道：「根本就不必問他，若論起憐香惜玉、見義勇爲這種事，天下還有誰比得上郭先生？」

王動點點頭，好像被燕七說到心裡去了，正色道：「這話倒真的一點也不假，但是你呢？」

燕七笑笑，淡淡道：「只要王老大一句話，我還有什麼問題？」

王動長長吐出口氣，展顏笑道：「梅姑娘，我們說的話，你全聽到了麼？」

梅汝男低著頭，從鼻子裡「嗯」了一聲，輕得就好像蚊子叫。

王動道：「那麼你若有什麼困難，爲什麼還不說出來呢？」

梅汝男頭垂得更低，一副可憐巴巴的樣子，輕輕道：「我不好意思說。」

王動道：「你只管說。」

梅汝男臉也紅了，顯得又可憐，又難爲情的樣子，費了半天勁，才斷斷續續的說道：「我哥發現我這麼做的時候，簡直氣得要發瘋，一直逼著我，問我爲什麼要做這種事，爲什麼幫著外人害自己的哥哥？」

王動道：「你怎麼說？」

梅汝男的臉更紅，道：「我想不出別的話說，只好說……只好說……只好說……」

她好像忽然抽了筋，說來說去都只有這三個字。

郭大路實在受不了，忍不住道：「說什麼？」

梅汝男用力咬了咬嘴唇，像是下了很大的決心，紅著臉道：「我只好說，我幫的也不是外人。他就問，不是外人是什麼人，我就只好說是……是……」

郭大路又忍不住問道：「是什麼？」

梅汝男道：「我只好說是他的妹夫，因爲我已和這人訂親。」

說完了這句話，她好像全身都軟了，差點跌到桌子底下去。

郭大路也差點掉到桌子底下去。

王動眨著眼，道：「你哥哥聽了你這話，又怎麼說呢？」

梅汝男道：「他聽了這話，氣才算平了些，但卻又警告我，假如我在騙他，他就要把我活活打死，又逼著我帶……帶回家去。」

王動道：「帶什麼回去？」

梅汝男咬著嘴唇道：「帶人……」

王動道：「帶什麼人？」

梅汝男道：「妹……妹夫……」

王動道：「誰的妹夫？」

梅汝男道：「我……我哥哥的妹夫。」

說完了這句話，她好像整個人又全都軟了。

郭大路的人也軟了。

王動又長長吐出口氣，好像到現在才總算弄清楚她的意思。

事實上，要弄清楚一個女孩子說的話，也的確不太容易。

王動笑道：「看來現在已只剩下一個問題了。」

林太平道：「什麼問題？」

王動道：「我們這四個人，誰是梅姑娘哥哥的妹夫呢？他是不是肯跟梅姑娘回去？」

林太平道：「誰會不肯？難道他忍心看著梅姑娘被她哥哥活活打死？」

王動道：「萬一有人不肯呢？」

林太平道：「那麼他簡直就不能算是我們的朋友，對這種不是朋友的朋友，我們就用不著客氣了。」

王動撫掌道：「不錯，就算有人不肯去，另外的三個人也得逼著他去，你們贊成不贊成？」

林太平道：「贊成。」

王動眼角瞟著郭大路道：「你呢？」

燕七忽又冷冷道：「這句話你也不該問的，你難道將郭先生看成了忘恩負義的人？」

王動笑道：「那就好極了，現在所有的問題都已解決，梅姑娘，你還等什麼呢？」

梅汝男卻偏偏還要讓他們再等等。女人好像天生就喜歡讓男人著急。

她眼珠子不停的轉，在這四個人臉上轉來轉去。

郭大路只希望這雙眼珠子不要停在他臉上。

其實他一點也不討厭這位「酸梅湯」，今天早上她來的時候，若說她喜歡的是別人，不是他，他一定會氣得要命。

但喜歡是一回事，娶她做老婆又是另一回事了。

被逼著娶她做老婆，更是件完全不同的事，就好像他雖然喜歡喝酒，但也不願被人捏著鼻子，拿酒往他嘴裡灌的。

他只望這位酸梅湯的眼睛有毛病，看上的不是他，是別人。

酸梅湯的眼睛卻偏偏一點毛病也沒有，而且在盯著他。

不但在盯著他，而且還在笑，笑得很甜，很迷人。

無論誰知道自己已釣上條大魚的時候，都會笑得很甜的。

郭大路也想對她笑笑，卻實在笑不出。

他心裡在嘆氣：「算我倒楣，誰叫我長得比別人帥呢？」

梅汝男忽然道：「我答應過，我決定的時候，一定第一個告訴你。」

郭大路喃喃道：「其實你也用不著對我太守信，女孩子答應人的事，常常都會忘的。」

梅汝男嫣然道：「我沒有忘記——你跟我出來，我告訴你。」

她忽然站起來走出去，腳步輕盈得就像是燕子。一隻剛捉住七八條大毛蟲的燕子。

# 十五 苦差

## 一

她走到門口還轉回頭向郭大路招了招手。她的手又白又嫩。

你的脖子假如已被一雙手扼住，無論這雙手多麼白，多麼嫩，那滋味也是一樣不太好受的。

郭大路只好站起來，看看燕七。

燕七沒有看他。

郭大路看看王動。

王動在喝酒，酒杯擋住了他的眼睛。

郭大路看看林太平。

林太平在發怔。

郭大路咬咬牙，恨恨道：「我祖宗一定積了德，否則怎會交到你們這種好朋友呢？」

只聽梅汝男在門外道：「你在說什麼？爲什麼還不出來？」

郭大路嘆了口氣，道：「我什麼也沒有說，我在放屁。」

他總算走了出去。看他那愁眉苦臉、垂頭喪氣的樣子，就好像被人押著上法場似的。

過了半天，林太平忽然嘆了口氣，喃喃道：「想不到這人原來也會裝蒜的，心裡明明喜歡得要命，卻偏偏要裝出這種愁眉苦臉的樣子，叫人看著生氣。」

他口氣好像有點酸溜溜的，肚子裡的酒好像全都變成了醋。

王動笑了，道：「你弄錯了一樣事。」

林太平道：「什麼事？」

王動道：「他心裡並不喜歡。」

林太平道：「不喜歡？梅姑娘難道還配不上他？」

王動道：「配不配得上是一回事，喜不喜歡又是另外一回事。」

林太平道：「你怎麼知道他不喜歡？」

王動道：「因為他還沒有變成呆子，也沒有變成啞巴。」

林太平眨眨眼，他聽不懂。

王動也知道他聽不懂，所以又解釋著道：「有個很聰明的人說過一句很有道理的話，他說，無論多聰明的人，若是真的喜歡上一個女人，他在她面前也一定會變得呆頭呆腦的，甚至連話都說不出來。」

他有意無意間向燕七看了看，笑道：「但他在梅姑娘面前，說的話還是比別人多……」

燕七打斷了他的話，冷冷道：「這只因有的人天生就是多嘴婆。」

王動笑笑，不說話了。

沒有人願意做多嘴婆——平時也沒有人會認爲他是多嘴婆，但今天他卻好像有點變了，說的話至少比平時多好幾倍。

林太平就在奇怪：這人今天爲什麼變得如此多嘴？這些話究竟是說給誰聽的？

林太平只知道一件事：若沒有特別的原因，王動連嘴都懶得動。

## 二

月光很美。

也許很少有人會注意到，但冬天的月光並不一定就不如春天的月光那麼動人，冬天的月光也一樣能打動少女的心。

圓圓的月亮掛在樹梢，梅汝男就站在樹下。月光照著她的臉，她的眼睛。

她的眼睛比月光更美。

就連郭大路也不能不承認，她的確是個很好看的女孩子，尤其是她的身材，郭大路幾乎從來也沒有見過身材這麼好的女人。

她好像比郭大路第一次看到她的時候更漂亮了，這也許是因爲她的衣服，也許是因爲她的笑。

她今天穿的不再是粗布衣服，窄窄的腰身，長長的裙子，襯得她的腰更細，風姿更迷人。

她又在看著郭大路笑，笑得更甜。

郭大路本來最欣賞她的笑，現在卻幾乎連看都不敢去看一眼。

女孩子的笑就像是她們的衣服首飾、胭脂花粉一樣，全都是她們用來誘男人上鈎的餌。聰明的男人最好連看都不要看。

郭大路那天若已懂得這道理，今天又怎會惹上這麼多麻煩？

他暗中嘆了口氣，慢吞吞的走過去，忽然道：「你哥哥真的酒量很好？」

梅汝男笑道：「假的，他平常根本很少喝酒。」

郭大路苦笑道：「那就更麻煩了。」

梅汝男道：「有什麼麻煩？」

郭大路笑道：「我本來還想一見面就先想法子把他灌醉的，免得他想起昨天的事，故意找我的麻煩。」

梅汝男嫣然道：「你若怕他找你麻煩，不妨躲著他些，等過幾天他的氣平了後，再去見他。」

郭大路道：「你不是急著要我回去見他嗎？」

梅汝男眼睛忽然瞪得很大，瞪著他，道：「你以爲……你以爲……」

她忽然笑了，笑得彎了腰。

郭大路怔住，眼睛也已發直，也在瞪著她，吶吶道：「不是我……」

梅汝男笑得連話都說不出了，只能不停的搖頭。

郭大路忍不住道：「不是我是誰？」

梅汝男好不容易停住笑，喘口氣道：「是燕七。」

郭大路叫了起來，道：「燕七？……你看上的人是燕七？」

梅汝男點點頭。

郭大路這才真的怔住了。

其實他根本就不想跟梅汝男成親，根本就不想跟任何人成親。

梅汝男看上的既然不是他，他本該大大的鬆口氣，覺得很開心才對。

但也不知爲了什麼，現在他忽然又覺得難受、很失望，甚至有點酸溜溜。過了很久，才將這口酸氣吐出來，搖著頭，喃喃道：「我實在不懂，你怎麼會看上他的？」

梅汝男眼波流動，笑道：「我覺得他很好，樣樣都好。」

郭大路道：「連不洗澡那樣也好？」

梅汝男道：「有個性的男人，在沒有成親的時候，常常都不修邊幅的，但等到有個妻子照顧他的時候，他就會變了。」

她眼睛發著光，就像做夢似的，癡癡的笑著道：「老實說，我從小就喜歡這種不拘小節的男人，這種人才真的有男子氣。那種成天打扮得油頭粉臉的男人，我一看就要吐。」

郭大路看著她的眼睛，忽然覺得這雙眼睛簡直一點也不美，簡直就好像瞎子的眼睛一樣。

梅汝男道：「我也知道他總是在躲著我，好像很討厭我，其實真正有性格的男人都是這樣子的。那種一見了女人就像蒼蠅見了血的男人，我更討厭。」

郭大路的臉好像有點發熱，乾咳了幾聲，道：「這麼樣說來，你是真的很喜歡他？」

梅汝男道：「你連一點也看不出？」

郭大路嘆了口氣，苦笑道：「我只覺得你好像跟我特別親熱。」

梅汝男嫣然道：「那不過是我故意逗他生氣的。」

郭大路道：「你既然喜歡他，為什麼反而要逗他生氣？」

梅汝男道：「就因為我喜歡他，所以才要逗他生氣，這道理你也不懂？」

郭大路苦笑道：「這麼樣看來，一個男人還是莫要被女人看上的好，若是永遠都沒有女人看上他，他活得反而開心些。」

梅汝男眨著眼，道：「你現在很開心麼？」

郭大路道：「當然很開心，簡直開心極了。」

郭大路走進來的時候，就算瞎子也能看得出他一點也不開心。

假如他出去的時候看來像是個被押上法場的囚犯，那麼他現在這樣子看來簡直就像是個死人。也許只不過比死人多了口氣而已。

一大口又酸又苦的冤氣。

屋子裡的情況幾乎還是和他剛才離開時完全一樣，王動還是在喝酒，林太平還是直發怔，燕七還是故意裝作看不見他。

郭大路把王動手裡的酒杯搶了過來，大聲道：「你今天怎麼回事？變成了個酒罈子嗎？」

王動笑笑，道：「好朋友的喜酒當然要多喝幾杯，你難道捨不得？」

郭大路本來也想笑笑的，卻笑不出來，用眼角瞟著燕七，道：「這裡倒的確有個新郎倌，但卻不是我。」

王動好像並不覺得意外，只淡淡的問道：「不是你是誰？」

郭大路沒有回答。

他已轉過身，瞪大了眼睛，看著燕七。

燕七忍不住道：「你看什麼？」

郭大路道：「看你。」

燕七冷笑道：「我有什麼好看的？你只怕看錯了人吧。」

郭大路嘆了口氣，道：「我正是想找出你這人究竟有什麼好看的地方，會有人看上你。」

燕七皺了皺眉，道：「誰看上了我？」

郭大路道：「新娘子。」

燕七開始有點吃驚了，道：「新娘子跟我又有什麼關係？」

郭大路總算笑了笑，道：「新娘子若是跟新郎倌沒有關係，跟誰有關係？」

燕七的眼睛也瞪了起來，道：「誰是新郎倌？」

郭大路道：「你。」

燕七呆住了。

開始時他顯得很吃驚，後來忽然變得很歡喜，終於忍不住笑了出來，就好像面前忽然掉下個大元寶似的。

郭大路眨眨眼，道：「原來你也很喜歡她。」

燕七不說話，直笑。

郭大路道：「你若是不喜歡她，爲什麼笑得這麼開心？」

燕七不回答，反問道：「她的人呢？」

郭大路淡淡道：「正在院子裡等新郎倌，你最好不要讓她等得太著急。」

燕七沒有讓她等，郭大路的話還沒有說完，他已跳起來，衝了出去。

郭大路看著他，慢慢的搖著頭，喃喃道：「看來新郎倌比新娘子還急。」

王動忽然笑道：「你是不是很不服氣？」

郭大路瞪了他一眼，冷冷道：「我只不過覺得有點奇怪。」

王動道：「有什麼好奇怪的？」

郭大路道：「我只奇怪，爲什麼每個女人的眼睛都有毛病。」

王動道：「你認爲梅姑娘不該看上燕七的？你認爲他很醜？」

郭大路想了想，道：「其實他也不能叫做太醜，至少他的眼睛並不醜。」

其實，燕七的眼睛非但不醜，而且很好看，尤其是在眼睛帶著笑意的時候，看來就像是春風中清澈的湖水。

王動道：「他的鼻子很醜嗎？」

郭大路又想了想，道：「也不算是很醜，只不過笑起來的時候就像個肉包子。」

燕七笑的時候，鼻子總是要先輕輕的皺起來，但那非但不像個包子，而且反顯得很俏皮，很好看。

王動道：「他的嘴很醜？」

郭大路忽然笑了，道：「我很少看到他的嘴。」

王動道：「爲什麼？」

郭大路笑道：「他的嘴好像比金毛獅子狗的嘴還要小。」

王動道：「小嘴很難看？」

郭大路只好搔搔頭，因爲他並不是個會昧著良心說話的人。

王動道：「他什麼地方難看？」

郭大路想了很久，忽然發覺燕七從頭到腳實在都長得很好。

就連他那雙髒兮兮的手，都比別人長得秀氣些。

郭大路只好嘆了口氣，道：「他若時常洗洗澡，也許並不是個很難看的人。」

王動忽又笑了，道：「他若真的洗了個澡，你也許會嚇一跳。」
郭大路也笑了，道：「我倒真希望他什麼時候能讓我嚇一跳。」
王動道：「你既然也覺得他不錯，那麼梅姑娘看上他，又有什麼不對呢？」
郭大路嘆道：「對，對極了。」
他忽然聽到院子裡發出一聲尖叫。
是梅汝男在叫，叫得就像一個被人踩到尾巴的貓。
郭大路站起來，像是想出去看看，卻又坐下，搖著頭笑道：「我知道新郎倌都很急，卻還是沒有想到燕七會急得這麼厲害。」
他這句話剛說完，就看到燕七走了進來。
一個人走了進來。
郭大路道：「新娘子呢？」
燕七道：「沒有新娘子。」
郭大路道：「有新郎倌，就有新娘子。」
燕七道：「也沒有新郎倌。」
郭大路看著他，忽又笑了，道：「新娘子是不是已經被新郎倌嚇跑了？」
他忽然發現燕七臉上有三條長長的指甲印，就好像是被貓抓的。
燕七卻一點也不在意，反而好像很愉快，眨著眼，笑道：「她的確已經走了，但卻不是被我嚇走的。」

郭大路道：「不是？你沒有動手動腳，她爲什麼會叫？」

燕七笑笑，道：「我若真的動手動腳，她還會走嗎？」

郭大路只有承認：「不會。」

因爲他也知道，一個女人若是喜歡了一個男人時，就怕他不動手動腳。

「可是她爲什麼要走呢？」

燕七道：「因爲，她忽然改變了主意，不想嫁給我了。」

郭大路愕然道：「她改變了主意？怎麼會的？」

燕七道：「因爲……因爲我對她說了一句話。」

郭大路搖頭道：「我不信，一個女人若已打定了主意要嫁給你，你就算說三千六百句話，她也不會改變主意的。」

他又笑著道：「你幾時看過有人肯讓已釣上手的魚溜走的？」

燕七笑道：「也許她忽然發現這條魚刺太多，也許她根本不喜歡吃魚。」

郭大路道：「天下沒有不喜歡吃魚的貓。」

燕七道：「她不是貓。」

郭大路看著他的臉，笑道：「若不是貓，怎麼會抓人呢？」

郭大路當然知道女人不但也會抓人，而且抓起人來比貓還兇。

貓抓人總還有個理由，女人卻不同。

她高興抓你就抓你。

郭大路只有一件事想不通：「你究竟是用什麼法子，讓她改變主意的？」

燕七道：「我什麼法子也沒有，只不過說了一句話而已。」

郭大路道：「說的是什麼話？」

燕七道：「那是我的事，你爲什麼一定要問？」

郭大路道：「因爲我也想學學。」

燕七道：「爲什麼要學？」

郭大路笑道：「只要是男人，誰不想學？」

燕七道：「那我更不能告訴你了。」

郭大路道：「爲什麼？」

燕七笑了笑，道：「因爲那是我的秘密，若被你學會，我還有什麼戲唱？」

郭大路嘆了口氣，喃喃道：「我還以爲你是我朋友哩，誰知你連……」

王動忽然打斷了他的話，道：「朋友之間難道就不能有秘密？」

郭大路道：「那也要看是什麼樣的秘密。」

王動道：「秘密就是秘密，所有的秘密都一樣。」

郭大路道：「這麼樣說來，你也有秘密？」
王動點點頭，道：「你呢？你難道沒有？」
郭大路想了想，終於勉強點了點頭。
王動道：「別人若要問你的秘密，你肯不肯說？」
郭大路又想了想，終於勉強搖了搖頭。
王動道：「那麼你就也不能問別人的。」
他躺了下去。
他躺下去的時候，就表示談話已結束。

## 三

只有正確的結論才能使談話結束。
王動的結論通常都很正確。
每個人都有秘密。
每個人都有權保留自己的秘密，這是他的自由。

# 十六　郭大路的秘密

## 一

秘密是什麼呢？

秘密就是你唯一可以獨自享受的東西。

它也許能令你快樂，也許令你痛苦，它無論是什麼，都是完全屬於你的。

它若是痛苦，你只有獨自承當；若是快樂，你也不能讓人分享。

連最好的朋友也不能。

因爲假如有第二個人知道你的秘密，那就不能算是秘密了。

有些秘密的確是種享受。

當你剛吃了頓好飯，洗了個熱水澡，身上穿著件寬大的舊衣服，一個人坐在舒服的椅子上，面對著窗外滿天夕陽的時候，你忽然想起秘密，心裡就會不由自主泛起種溫暖之意……

你的秘密假如是這一種，就不妨永遠保留著它，否則就不如快些說出來吧。

## 二

郭大路坐在簷下，已坐了很久。

只要還有一樣別的事可做，他就不會坐在這裡。

有的人寧可到處亂逛，看別人在路上走來走去，看野狗在牆角打架，也不肯關在屋子裡。

郭大路就是這種人。

但現在他唯一能做的事，就是坐在這裡發怔。

簷下結著一根根的冰柱，有長有短，也不知有多少根。

郭大路卻知道，一共有六十三根，二十六根比較長，三十七根比較短。

因爲他已數過十七八次。

天氣實在太冷，街上非但看不到人，連野狗都不知躲到哪裡去了。

他活了二十多年，過了二十多個冬天，但卻想不起有哪一天比這幾天更冷。

一個人真正倒楣的時候，好像連天氣都特別要跟他作對。

他常常都很倒楣，但卻也從來沒有像現在這樣倒楣過。

倒楣就像是種傳染病，一個人真的倒楣了，跟他在一起的人也絕不會走運的。

所以他並不是一個人坐在這裡。

燕七、王動、林太平，也都坐在這裡，也都正發著怔。

林太平忽然問道：「你們猜這裡一共有多少根冰柱？」

燕七道：「六十三根。」

王動道：「二十六根長，三十七根短。」

郭大路忍不住笑了，道：「原來你們也數過。」

燕七道：「我已數過四十遍。」

王動道：「我只數過三遍，因爲我捨不得多數。」

郭大路道：「捨不得？」

王動道：「因爲我要留著慢慢的數。」

郭大路想笑，卻已笑不出來。

這話雖然很可笑，但卻又多麼可憐。

郭大路忽然站起來，轉過身，看著屋子中央的一張桌子。

紫檀木的桌子，鑲著整塊的大理石。

郭大路喃喃道：「不知道我現在還有沒有力氣將這桌子抬到娘舅家去？」

王動道：「你沒有。」

郭大路眨眨眼，道：「要不要我來試試？」

王動道：「你根本不必試。」

郭大路道：「爲什麼？」

王動道：「我也知道你當然能抬得起一張空桌子，但桌上若壓著很重的東西，那就不同了。」

郭大路道：「這桌上什麼也沒有呀。」

王動道：「有。」

郭大路道：「有什麼？」

王動道：「面子！而且不是我一個人的面子，是我們大家的面子。」

他淡淡的接著道：「我們不但收了人家的租金，還收了人家的保管費，現在若將人家的東西拿去當了，以後還有臉見人麼？」

郭大路嘆了口氣，苦笑道：「不錯，這桌子我的確抬不起來。」

王動道：「世上最重的東西就是面子，所以這張桌子只有一種人能抬得起來。」

郭大路道：「哪種人？」

王動道：「不要臉的人。」

林太平嘆了口氣，道：「那種人通常都是吃得很飽的。」

燕七道：「豬通常也都吃得很飽的。」

林太平笑了，道：「所以一個人若要顧全自己的面子，有時不得不虧待自己的肚子，面子畢竟比肚子重要得多。」

燕七道：「因爲人不是豬，只有豬才會認爲肚子比面子重要。」

林太平道：「所以有人寧可餓死，也不願做丟人的事。」

王動道：「但我們並沒有餓死，是不是？」

林太平道：「是。」

王動道：「我們雖然已有好幾天都沒有吃飽，但總算已捱到現在。」

郭大路挺胸，道：「誰也不能不承認，我們的骨頭確比大多數人都硬些。」

王動道：「只要我們肯捱下去，總有一天能捱到轉機的。」

郭大路展顏笑道：「不錯，冬天既已來了，春天還會遠嗎？」

王動道：「只要我們能捱到那一天，我們還是一樣可以抬起頭來見人，因爲我們既沒有對不起別人也沒有對不起自己。」

林太平遲疑著，終於忍不住道：「我們能捱得過去嗎？」

郭大路搶著道：「當然能。」

他走過去攬住林太平的肩，笑道：「因爲我們雖然什麼都沒有了，但至少還有朋友。」

林太平看著他，心裡忽然泛起一陣溫暖之意。

他忽然覺得自己已有足夠的勇氣。

無論多麼大的困難，無論多麼冷的天氣，他都已不在乎。

他忽然跑了出去。

一直到晚上，他才回來，手裡多了個紙包。

他舉起這紙包，笑道：「你們猜，我帶了什麼東西回來？」

郭大路眨眨眼，道：「難道是饅頭？」

林太平笑道：「答對了。」

紙包裡果然是饅頭。

四個大饅頭，每個饅頭裡居然還夾著塊大肥肉。

郭大路歡呼道：「林太平萬歲！」

他拿起個饅頭，又笑道：「我實在佩服，現在就算殺了我，我也變不出半個饅頭來。」

燕七盯著林太平，道：「這些饅頭當然不是變出來的？」

林太平笑了笑，道：「也許是天上掉下來的。」

他拿了個饅頭給王動。

王動搖搖頭，道：「我不吃。」

林太平道：「爲什麼？」

王動嘆了口氣，道：「因爲我不忍吃你的衣服。」

郭大路剛咬了口饅頭，已怔住。

他這才發現林太平身上的衣服已少了一件——最厚的一件。

林太平穿的衣服本就不多。

現在他嘴唇已凍得發白，但嘴角卻帶著很愉快的笑容，道：「不錯，我的確將衣服當了，換了這四個饅頭。因爲我很餓，一個人很餓的時候，將自己的衣服拿去當，總沒有人能說他不對吧。」

王動道：「那麼，你就該吃完了再回來，也免得我們……」

林太平打斷了他的話，道：「我沒有一個人躲著偷偷的吃，只因我很自私。」

王動道：「自私？」

林太平道：「因爲我覺得四人在一起吃，比我一個躲著吃開心得多。」

這就是朋友。

他們有福能同享，有難也能同當。

一個人若有了這種朋友，窮一點算得了什麼，冷一點又算得了什麼？

郭大路慢慢的嚼著饅頭，忽然笑道：「老實說，我這一輩子從來也沒吃過這麼好吃的東西。」

林太平笑道：「你說的話不老實，這只不過是個冷饅頭。」

郭大路道：「雖然是個冷饅頭，但就算有人要用全世界的大魚大肉來換我這冷饅頭，我也不肯換的。」

林太平的眼圈忽然好像有些紅了，抓住郭大路的手，道：「聽了你這句話，我也覺得這饅頭好吃多了。」

有些話的確就像是種神奇的符咒，不但能令冷饅頭變成美味，令冬天變得溫暖，也能令枯燥的人生變得多姿多采。

你若也想學會說這種話，就要先學會用真誠對待你的朋友。

郭大路忽然嘆了口氣，道：「只可惜我這件衣服太破。」

林太平道：「破衣服並不丟人。」

郭大路嘆道：「只可惜那活剝皮絕不會這麼想，否則……」

燕七笑笑，道：「否則你早就脫下來去換酒了，對不對？」

郭大路苦笑道：「答對了。」

燕七忽然站起來往外走。

郭大路道：「用不著去試，你的衣服比我的還破。」

燕七不理他，很快的走出去，又很快就回來了。

回來的時候，提著壺水。

燕七道：「寒夜客來茶當酒，茶既然可以當酒，水爲什麼不能？」

郭大路失笑道：「想不到你倒很風雅。」

燕七笑道：「一個人窮得要命的時候，想不風雅也不行。」

這就是他們對人生的態度。

有酒的時候，他們喝得比誰都多，沒有酒的時候，他們水也一樣喝。

他們喝酒的時候很開心，喝水也一樣開心。

所以他們活得比別人快樂。

但喝酒和喝水至少總有一種分別。

酒愈喝愈熱，水愈喝愈冷。

尤其是在這種天氣裡喝冷水。

郭大路忽然站起來，開始翻跟斗。

燕七笑道：「你幹什麼？」

郭大路道：「我有經驗，動一動就會熱起來的，你們為什麼不學學我？」

燕七搖搖頭，道：「因為我也有經驗，動得快，餓得也快。」

郭大路笑道：「你想得太多了，只要現在不冷，又何必……」

這句話他沒有說完。

他忽然看到有樣東西從他面前掉了下來。

一樣黃澄澄的東西。黃澄澄的金子。

金子並不是從天上掉下來的，而是從郭大路懷裡掉下來的。

他正開始翻第六個跟斗，正在頭朝下，腳朝上的時候，這金子就從他懷裡掉了下來。

「噹」的，掉在他面前。

金子掉在地上，會發出「噹」的一聲，就表示這金子很重。

這的確是根很粗的金鍊子，上面還有個金雞心。

這金雞心至少比真的雞心大一倍。

一個窮得好幾天沒吃飯的人，身上居然會掉出這麼多金子來，簡直是件令人無法相信的事。

但王動他們卻無法不相信，因爲他們三個人都看得很清楚。

他們只希望自己沒有看見。

他們實在不願意相信這是真的。

林太平連自己的衣裳都拿去當了，郭大路身上卻還藏著條這麼粗的金鍊子。

一個身上藏著金鍊子的人，居然還在朋友面前裝窮，居然還裝得那麼像。

這算是什麼朋友？

他們實在不願相信郭大路會是這樣的朋友。

王動突然打了個呵欠，喃喃道：「一個人吃飽了，爲什麼總是想睡覺呢？」

他去睡了，從郭大路面前走過去，好像既沒有看見這條金鍊子，也沒有看見郭大路這個人。

林太平打了個呵欠，喃喃道：「這麼冷的天氣，還有什麼地方比被窩裡好？」

他也去睡了，也好像什麼都沒有看見。

只有燕七還坐在那裡，坐在那裡發怔。

又過了很久，郭大路的腳才慢慢的從上面落下來，慢慢的把身子站直。

他身子好像已難再站得直。

沒有星，沒有月，只有一盞燈。

一盞很小的燈，因爲剩下的燈油也已不多。

但這條金鍊子在燈下看來還是亮得很。

郭大路低著頭，看看這條金鍊子，喃喃道：「奇怪，爲什麼金子無論在多暗的地方，看來都會發亮呢？」

燕七淡淡道：「也許這就是金子的好處，否則爲什麼會有那麼多人將金子看得比朋友還重？」

郭大路又怔了半天，忽然抬起頭，道：「你爲什麼不去睡？」

燕七道：「我還在等。」

郭大路道：「等什麼？」

燕七道：「等著聽你說……」

郭大路大聲道：「我沒有什麼好說的，你們若把我看成這種人，我就是這種人。」

燕七凝視著他，過了很久很久，才慢慢的站了起來，慢慢的走出去。

郭大路沒有看他。

外面的風好大，好冷。

燈已將枯，忽然間，也不知從哪裡捲出了陣冷風，吹熄了燈。

但金鍊子還在發著光。

郭大路垂著頭，看著這條金鍊子，又不知過了多久，他才慢慢的彎下腰，拾起了這金鍊子。

他捧著這金鍊子，捧在掌心。

他眼淚突然泉湧而出，一粒粒滴在掌心。

冰冷的金鍊子，火熱的眼淚。

他忽然跪下去，終於哭了起來，盡量不讓自己哭出聲音。

因爲他不願別人聽到他的哭聲。

這是他的秘密，也是他一生最大的痛苦，他不願別人知道這秘密，也不願別人分擔他的痛苦。

所以沒有人知道他痛苦得多麼深，多麼強烈。

那雖然已經是很久很久以前的事了，但現在他只要一想到，還是會心碎。

他知道自己終生要揹負著痛苦，至死都無法解脫。

剛才的事也令他痛苦。

他本來寧死也不願失去這些朋友。

但他並沒有解釋，因爲他知道他們不會原諒他，因爲連他自己都無法原諒他自己。

也許世上有一種真正的痛苦，那就是不能向別人說的痛苦。

「不能說……我怎麼能說？……」

「我怎麼還有臉留在這裡？」

外面的風更大，更冷。

他咬緊牙，悄悄擦乾眼淚，站起來，外面的世界無論多冷酷無情，他都已準備獨自去承受。

他做錯了事，就自己承當，既不肯解釋，也不肯告饒。

就算在朋友面前也不肯。

可是上天知道，他實在將朋友看得比自己的生命還要重。

「朋友們，再見吧，總有一天，你們會瞭解我的。到那一天，我們還是朋友，可是現在……」

他眼淚又在往下流。

就在他伸手去擦眼淚的時候，他看到了燕七。

不但看到了燕七，也看到了王動和林太平。

他們不知什麼時候又走進了這屋子，靜靜的站在那裡，靜靜的看著他。

他看不到他們臉上的表情，只看到他們三雙發亮的眼睛。

他也希望他們莫要看到他的臉，看到他臉上的淚痕。

他輕輕咳嗽了幾聲，道：「你們不是已睡了嗎？」

林太平道：「我們睡不著。」

郭大路勉強笑了笑，道：「睡不著也該躺在被窩裡，在這種天氣，世上還有什麼地方比被窩裡更好？」

王動道：「有。」

燕七道：「這裡就比被窩裡好。」

郭大路道：「這裡有哪點好？」

王動道：「只有一點。」

## 三

燕七道：「這裡有朋友，被窩裡沒有。」

郭大路忽然覺得一陣熱意從心裡衝上來，似已將喉頭塞住。

過了很久，他才能說得出話來。

他垂下頭道：「這裡也沒有朋友，我已不配做你們的朋友。」

王動道：「誰說的？」

燕七道：「我沒有說。」

林太平道：「我也沒有說。」

王動道：「我們到這裡來，只想說一句話。」

郭大路握緊了拳，道：「你……你說。」

王動道：「我們瞭解你，也相信你，所以無論發生了什麼事，你都是我們的朋友。」

這就是朋友。

他們能分享你的快樂，也能分擔你的痛苦。

你若有困難，他們願意幫助。

你若有危險，他們願意爲你挺身而出。

就算你真的做錯了什麼事，他們也能諒解。

在這種朋友面前，你還有什麼秘密不能說的？

## 四

外面的風還是很冷，很大。

屋子裡還是很黑暗。

但此時此刻，他們所能感受到的，卻只有溫暖和光明。因爲他們知道自己有朋友，有了真心的朋友。

有朋友的地方就有溫暖，就有光明。

「無論發生了什麼事，你都是我們的朋友。」

郭大路的血在沸騰。

他本來寧死也不願在別人面前流淚，但現在眼淚已又流出。

他本來寧死也不願說出自己心裡的痛苦和秘密，但現在卻願說出。

沒有別的人能令他這麼做，只有朋友。

他終於說出了他的秘密。

郭大路的家鄉有很多美麗的女孩子，最美的一個叫朱珠。

他愛上了朱珠，朱珠也愛他。

他全心全意的對待朱珠，他對她說，願意將自己的生命和一切都獻給她。

他不像別的男人，只是說說就算了。

他真的這麼樣做。

朱珠很窮，等到郭大路的雙親去世時她就不窮了。

因爲他知道她是屬於他的，她也說過，她整個人都屬於他的。

爲了讓她信任他，爲了讓她快樂，他願意做任何的事。

然後他就發現了一樣事。

朱珠並不愛他。

就像很多別的女人一樣，她說的話，只不過說說而已。

她答應嫁給他，除了他之外，誰都不嫁。

他們甚至已決定了婚期。

可是在他們婚期的前一天，她已先嫁了，嫁給了別人。

她出賣了郭大路所給她的一切，跟著那人私奔了。

這條金鍊子就是她給他的訂情之物。

也是她給他的唯一的一樣東西。

沒有人開口，誰也不知道該說什麼。

還是郭大路自己先打破了沉默。他忽然笑笑，道：「你們永遠猜不到她是跟誰跑了的。」

林太平道：「誰？」

郭大路道：「我的馬伕。」

他大笑，接著道：「我將她當做天下最高貴的人，簡直將她當做仙女，但她卻跟我最看不起的馬伕私奔了，你們說，這可笑不可笑？」

不可笑。

沒有人覺得這種事可笑。

只有郭大路一個人一直不停的笑，因爲他生怕自己一不笑就會哭。

他一直不停的笑了很久，忽然又道：「這件事的確給了我個很好的教訓。」

林太平道：「什麼教訓？」

他也並不是真的想問，只不過忽然覺得不應該讓郭大路一個人說話。

他覺得自己應該表示自己非常關心。

郭大路道：「這教訓就是，男人絕不能太尊重女人，你若太尊重她，她就會認爲你是呆子，認爲你不值一文。」

燕七忽然道：「你錯了。」

郭大路道：「誰說我錯了？」

燕七道：「她這麼樣做，並不是因爲你尊敬她——一個女人若能做出這種事來，只有一個原因。」

郭大路道：「什麼原因？」

燕七道：「那只因她天生是個壞女人。」

郭大路沉默了很久，終於慢慢的點了點頭，苦笑道：「所以我並不怪她，只怪自己，只怪我自己爲什麼看錯了人。」

王動忽然道：「這種想法也不對。」

郭大路道：「不對？」

王動道：「你一直為這件事難受，只因你一直在往最壞的地方去想，總覺得她是在欺騙你，總覺得自己被人家甩了。」

郭大路道：「本來難道不是這樣子？」

王動道：「你至少應該往別的地方想想。」

郭大路道：「我應該怎麼想？」

王動道：「想想好的那一面。」

郭大路苦笑道：「我想不出。」

王動道：「你有沒有親眼看到她和那個馬伕做出什麼事？」

郭大路道：「沒有。」

王動道：「那麼你又怎麼能斷定她是和那馬伕私奔的？」

郭大路怔了怔，道：「我……並不是我一個這麼想，每個人都這麼想。」

王動道：「別人怎麼想，你就怎麼想？別人若認為你應該去吃屎，你去不去？」

郭大路說不出話了。

王動道：「每個人都有偏見。那些人根本就不瞭解她，對她的看法怎麼會正確？何況，就算是很好的朋友，有時也常常會發生誤會。」

他笑了笑，慢慢地接著道：「譬如說，剛才那件事，我們就很可能誤會你，認爲你是個小氣鬼，認爲你不夠朋友。」

郭大路道：「但她的確是和那馬伕在同一天突然失蹤的。」

王動道：「那也許只不過是巧合。」

郭大路道：「天下哪有這麼巧的事？」

王動道：「有。不但有，而且常常有。」

郭大路道：「那麼他們爲什麼要突然走了呢？」

王動道：「那馬伕也許因爲覺得做這種事沒出息，所以想到別地方去另謀發展。」

郭大路道：「朱珠呢？她又有什麼理由要走？我甚至連花轎都已準備好了。」

王動道：「怎麼不可能有別的理由？那天晚上，也許突然發生了什麼你不知道的變化，逼得她非走不可；也許她根本身不由主，是被人綁架走的。」

林太平忽然道：「也許她一直都很想向你解釋，卻一直沒有機會。」

燕七嘆了口氣，道：「世上極痛苦的事，也許是明知道別人對自己有了誤會，自己明明受了冤枉卻無法解釋。」

林太平道：「更痛苦的是，別人根本就不給他機會解釋。」

王動道：「最痛苦的是，有些事根本就是不能對別人解釋的，譬如說……」

郭大路長嘆道：「譬如說剛才那件事，我本來就不願解釋的，剛才你們來的時候我若已走了，你們說不定就會對我一直誤會下去。」

王動道：「不錯，現在你已想通了麼？」

郭大路點點頭。

王動道：「一件事往往有很多面，你若肯往好的那面去想，才能活得快樂。」

燕七道：「只可惜有的人偏偏不肯，偏偏要往最壞的地方去想，偏偏要鑽牛角尖。」

王動道：「這種人非但愚蠢，而且簡直是自己在找自己的麻煩，自己在虐待自己。我想你總不會是這種人吧？」

郭大路笑了，大聲道：「誰說我是這種人，我打扁他的鼻子。」

所以你心裡要有什麼令你痛苦的秘密，最好能在朋友面前說出來。

因爲真正的朋友非但能分享你的快樂，也能化解你的痛苦。

郭大路忽然覺得舒服多了，愉快多了。

因爲他已沒有秘密。

因爲他已能看到事情光明的一面。

夜深夢迴時，他就算再想到這種事，也不再痛苦，最多只不過會有種淡淡的憂鬱。

淡淡的憂鬱有時甚至是種享受。

## 五

「你們雖然分別了，說不定反能活得更快樂些。」

「她說不定也找到很好的歸宿，至於你……若沒有發生這變化，你現在說不定每天都在抱孩子、換尿布，而且說不定每天為了柴米油鹽吵架。」

「但現在你們都可以互相懷念，懷念那些甜蜜的往事，懷念對方的好處，以後若能再相見，就會覺得更快樂。」

「以後就算不能相見也無妨，因為你至少已有了段溫馨的回憶，讓你坐在爐邊烤火時，能有件令你溫暖的事想想。」

「每個人都有自己的命運，你既不能勉強，也不必勉強。」

「所以你根本沒有什麼事好痛苦的。」

——這就是王動他們對這件事最後的結論。

從此以後，他們誰也沒有再提起這件事，也沒有再提起那金鍊子。

因為他們瞭解郭大路的感情，瞭解這金鍊子在他心裡的價值。

有些東西的價值，往往是別人無法衡量的。

王動還躺在床上，忽然聽到郭大路在外面喊：「娘舅來了。」

郭大路沒有娘舅。

「娘舅」的意思就是那當舖的老闆「活剝皮」。

活剝皮當然並不姓活，事實上也不太剝皮，他最多也不過刮刮你身上的油水而已——當然刮得相當徹底。

奇怪的是，愈想刮人油水的人，愈長不胖。

他看來就像是隻風乾了的野兔子，總是駝著背，瞇著眼睛，說話的時候總是用眼角看著你，好像隨時隨地都在打量著你身上的東西可以值多少銀子。

王動他們雖然常常去拜訪他，但他還是第一次到這裡來。

所以王動總算也勉強起了床。

像活剝皮這種人，若肯爬半個多時辰的山，去「拜訪」一個人的時候，通常都只有一種理由。

那理由通常都和黃鼠狼去拜訪雞差不多。

王動走進客廳的時候，郭大路正在笑著問：「是哪陣風把你吹來的，難道你想來買王動的這棟房子？」

他知道王動至少用過二十幾種法子，想將這房子賣出去，只可惜看來他就算白送給別人，別人都不要。

活剝皮的頭搖得就像隨時都會從脖子上掉下來，乾笑著道：「這麼大的房子，我怎麼買得起？自從遇見你們之後，我簡直連老本都快賠光了，不賣房子已經很運氣。」

郭大路道：「假如他肯便宜賣呢？」

活剝皮道：「我買來幹什麼？」

郭大路道：「你可以再轉讓別人，也可以自己住進來。」

活剝笑道：「沒有毛病的人，誰肯住進這種地方來？」

郭大路還想再兜兜生意，活剝皮忽又道：「你們現在是不是很缺錢用？」

王動笑道：「我們哪天不缺錢用？」

活剝皮道：「那你們想不想平白賺五百兩銀子？」

當然想。

但無論誰都知道活剝皮的銀子絕不會是容易賺的，從老虎頭上拔根毛也許反倒容易些。磁公雞身上根本就沒有毛可拔。

只不過五百兩銀子的誘惑實在太大。

郭大路眨眨眼，道：「你說的是五百兩？」

活剝皮道：「整整五百兩。」

郭大路上上下下打量了他幾眼，道：「你是不是喝醉了？」

活剝皮道：「我清醒得很，只要你們答應，我現在就可以先付一半訂金。」

他一向很信任這些人，因爲他知道這些人雖然一文不名，但說出來的話卻重逾千金。

郭大路嘆了口氣，道：「這銀子要怎麼樣才能賺得到呢？」

活剝皮道：「很容易，只要你們跟我到縣城裡去走一趟，銀子就到手了。」

郭大路道：「走一趟？怎麼走法？」

活剝皮道：「當然是用兩條腿走。」

郭大路走了兩步，道：「就這麼樣走？」

活剝皮道：「嗯。」

郭大路道：「然後呢？」

活剝皮道：「然後你們就可以帶著五百兩銀子走回來。」

郭大路道：「沒有別的事了？」

活剝皮道：「沒有。」

郭大路看看王動，笑道：「走一趟就能賺五百兩銀子，這種事你聽說過沒有？」

王動道：「沒有。」

活剝皮道：「有很多事你們都沒有聽說過，但卻並不是假的。」

王動道：「你賠本也不是假的。」

活剝皮嘆了口氣，道：「最近生意的確愈來愈難做了，當的人多，贖的人少，斷了當的東西又賣不出去，我要的利錢又少。」

王動點點頭，顯得很同情的樣子。

郭大路卻忍不住問道：「既然是賠本的生意，你爲什麼還要做呢？」

活剝皮嘆道：「那也是沒法子，唉，誰叫我當初選了這一行呢？」

王動道：「所以那五百兩銀子你還是留著自己慢慢用吧。」

活剝皮搶著道：「那不同，那是我自己願意讓你們賺的。」

王動淡淡的道：「你的錢來得並不容易，我們只走一趟，就要你五百兩，這種事我們怎麼好意思做呢。」

活剝皮蒼白的臉好像有點發紅，乾咳著道：「那有什麼不好意思？何況，我要你們陪我走這一趟，當然也有用意的。」

王動道：「什麼用意？」

活剝皮又乾咳了幾聲，勉強的笑道：「你可以放心，反正不會要你們去當強盜，也不會要你們去殺人。」

王動道：「你也可以放心，反正我不去。」

活剝皮愕然道：「五百兩銀子你不想要？」

王動道：「不想。」

活剝皮道：「爲什麼？」

王動道：「沒有原因。」

活剝皮怔了半晌，忽又笑道：「你一個人不去也沒關係，我還是……」

燕七忽然道：「他不是一個人。」

活剝皮道：「你也不去？」

燕七道：「我也不去，而且也沒有原因，不去就是不去。」

林太平笑道：「我本來還以為只有我一個人不肯去，誰知大家都一樣。」

活剝皮急了，大聲道：「我的銀子難道不好？你們難道沒拿過？」

王動淡淡道：「我們若要你的銀子，自然會拿東西去當的。」

活剝皮道：「我不要你們的東西，只要你們跟我走一趟，就給你們五百兩銀子，你們反而不肯？」

王動道：「是的。」

活剝皮好像要跳了起來，大聲道：「你們究竟有什麼毛病？……我看你們遲早總有一天會要餓死的……像你們這種人若是不窮，那才真是怪事。」

王動他們的確有點毛病。

他們的確可窮死、餓死，但來路不明的錢，他們絕不肯要的。

拿東西去當並不丟人，他們幾乎什麼東西都當過。

但他們只當東西，不當人。

他們寧可將自己的褲子都拿去當，但卻一定要保住自己的尊嚴和良心。

他們只做自己願意做，而且覺得應該做的事。

## 六

每個人都要上廁所的，而且每天至少要上七八次。

這種事既不髒，也不滑稽，只不過是件很正常、很普通，而且非做不可的事，所以根本已不值得在我們的故事中提起。

假如有人要將這種事寫出來，那麼一個十萬字的故事，至少可以寫成二十萬字。

但這種事有時卻又不能不提，譬如說，現在——

王動的確是剛上過廁所出來，他每天起床後第一件事就是上廁所。

他回到客廳裡的時候，發現燕七和林太平的神情好像都有點特別，好像心裡都有話要說，卻又不想說。

所以王動也不問，他一向很沉得住氣，而且知道在這種情況下，你如果想問，就不如等他們自己說出來。

燕七果然沉不住氣，忽然道：「你爲什麼不問？」

王動道：「問什麼？」

燕七道：「你沒有看到這裡少了一個人？」

王動點點頭，道：「好像是少了一個。」

少了的一個是郭大路。

燕七道：「你爲什麼不問他到哪裡去了？」

王動笑笑，道：「他到哪裡去都沒關係，但你如果一定要我問，我問問也沒關係。」

他慢慢的坐下來，四面看了看，才問道：「小郭到哪裡去了？」

燕七突然冷笑了一聲，道：「你永遠猜不到的。」

王動道：「就因爲猜不到，所以才要問。」

燕七咬著嘴唇，道：「去追活剝皮，活剝皮一走，他就追了出去。」

王動這才有點奇怪，皺皺眉道：「去追活剝皮幹什麼？」

燕七閉著嘴，臉色有點發青。王動看著他，喃喃道：「難道他爲五百兩銀子，就肯去做活剝皮的跟班？」

他搖了搖頭，道：「這種事我絕不信，小郭絕不是這種人。」

燕七冷冷道：「這種事我也不願意相信，但卻不能不相信。」

王動道：「爲什麼？」

**請續看《歡樂英雄》中冊**

# 歡樂英雄（上）

作者：古龍
發行人：陳曉林
出版所：風雲時代出版股份有限公司
地址：10576台北市民生東路五段178號7樓之3
電話：(02) 2756-0949　　傳真：(02) 2765-3799
封面原圖：明人出警圖（原圖為國立故宮博物館典藏）
封面影像處理：風雲編輯小組
執行主編：劉宇青
業務總監：張瑋鳳
出版日期：古龍珍藏限量紀念版2025年2月
ISBN：978-626-7510-28-5

風雲書網：http://www.eastbooks.com.tw
官方部落格：http://eastbooks.pixnet.net/blog
Facebook：http://www.facebook.com/h7560949
E-mail：h7560949@ms15.hinet.net
劃撥帳號：12043291
戶名：風雲時代出版股份有限公司

風雲發行所：33373桃園市龜山區公西村2鄰復興街304巷96號
電話：(03) 318-1378　　傳真：(03) 318-1378
法律顧問：永然法律事務所 李永然律師
　　　　　北辰著作權事務所 蕭雄淋律師

行政院新聞局局版台業字第3595號 營利事業統一編號22759935


**定價：340元**　　**版權所有　翻印必究**

國家圖書館出版品預行編目資料

歡樂英雄／古龍 著．　-- 三版.--
臺北市：風雲時代出版股份有限公司，2025.02
冊；公分.（另類俠情系列）古龍珍藏限量紀念版
ISBN 978-626-7510-28-5（上冊：平裝）
ISBN 978-626-7510-29-2（中冊；平裝）
ISBN 978-626-7510-30-8（下冊；平裝）
857.9　　113016789